人生最美是清欢

周晓丹 著

北方文艺出版社
·哈尔滨·

图书在版编目（CIP）数据

人生最美是清欢 / 周晓丹著. -- 哈尔滨：北方文艺出版社, 2025.9. -- ISBN 978-7-5317-6723-7

Ⅰ.I267

中国国家版本馆CIP数据核字第202502MZ27号

人生最美是清欢
RENSHENG ZUIMEI SHI QINGHUAN

作　　者 / 周晓丹	
责任编辑 / 富翔强	封面设计 / 陈一文

出版发行 / 北方文艺出版社	邮　　编 / 150010
发行电话 / (0451) 86825533	经　　销 / 新华书店
地　　址 / 黑龙江省哈尔滨市道里区田地街106号	网　　址 / www.bfwy.com

印　　刷 / 三河市中晟雅豪印务有限公司	开　　本 / 710毫米×1000毫米　1/16
字　　数 / 150千	印　　张 / 15.5
版　　次 / 2025年9月第1版	印　　次 / 2025年9月第1次印刷
书　　号 / ISBN 978-7-5317-6723-7	定　　价 / 69.80元

目 录

第一辑　一半诗意，一半清欢

等闲识得东风面，且与春色共安然 …………………………… 002

一春无事，只为花忙 …………………………………………… 005

风暖花香绿渐浓，且与岁月共从容 …………………………… 007

满目山河空念远，不如怜取眼前人 …………………………… 010

暮春，开一朵蔷薇在心间 ……………………………………… 013

夏日清欢，只此青绿 …………………………………………… 015

繁花似锦觅安宁，淡云流水度此生 …………………………… 018

最美的清秋，风轻云淡 ………………………………………… 021

半生风雪，吹落深秋霜月 ……………………………………… 024

半是斑斓半惆怅，一念素简是清欢 …………………………… 027

深秋如诗，温柔又治愈 ………………………………………… 030

岁暮天寒，浅冬安暖 …………………………………………… 033

深冬，枯瑟之境 ………………………………………………… 036

温茶看雪落，岁岁不知寒 ……………………………………… 039

掬一捧暖阳，静待春暖花开 …………………………………… 042

第二辑　温柔半两，从容一生

怀温柔半两，许从容一生 …… 046

旗袍，一半光阴绣花，一半绝代风华 …… 049

枯荷，深秋的一道风骨 …… 052

穿越千年流光，重拾诗意浪漫 …… 055

愿你心中有光，灵魂有香 …… 058

慢，是一个人的地老天荒 …… 061

一方小院静幽处，半卷诗书一盏茶 …… 064

半得半失半圆满，半醒半释半浮生 …… 067

慢慢来，一切都是最好的安排 …… 070

一茶一书一花，人静物简心安 …… 073

写给母亲，爱的岁月 …… 076

总有一场雨，落在思念里 …… 079

相逢，是最美的邂逅 …… 081

种花种树种光阴，等风等雨也等你 …… 083

人面不知何处去，桃花依旧笑春风 …… 086

煮字成暖，落笔为念 …… 089

接纳，是生命最好的温柔 …… 092

第三辑　淡之美，禅之境

淡之美，禅之境 …… 096

心静如水，安之若素 …… 099

一茶，一书，一静谧 …… 102

愿余生安好，未来可期 …… 105

静守岁月，自在从容 … 108

自在随风，流云静寂 … 111

心似白云常自在，意如流水任东西 … 113

风有约，花不误，深深懂得，淡淡释怀 … 116

一壶清茶慰平生，半卷诗书许流年 … 119

空山染及一青绿，清风吹散世间忧 … 122

一切看淡，万般随缘 … 125

人生，是一场"次第花开"的修行 … 128

距离不远不近，感情不离不弃 … 132

第四辑　本自具足，精神明亮

做一个精神明亮的人 … 138

伤害你的人，是来渡你的 … 141

所有的委屈，都是另一种成长 … 144

放下执念，自在心安 … 147

苦乐随缘，安于当下 … 150

真正的高贵，是优于过去的自己 … 153

专注，是成年人最好的自律 … 155

让自律，成为一种习惯 … 160

真正厉害的人，都是不动声色的 … 164

熬，是一种智慧，亦是一种境界 … 167

提升行动力，成就更好的自己 … 170

真正的强大，是允许一切发生 … 174

拒绝内耗，活出精彩人生 … 176

人生，没有太晚的开始 ………………………………………… 179

爱自己，是一生的修行 ………………………………………… 182

放下，是最高境界的断舍离 …………………………………… 185

屏蔽力，是一个人顶级的能力 ………………………………… 189

有一种智慧叫做：不自证 ……………………………………… 192

敬畏因果，人生自会美好 ……………………………………… 195

第五辑　岁月静好，未来可期

新的一年：愿你努力向上，活得光芒万丈 …………………… 200

二月：春风如酒，饮尽世间温柔 ……………………………… 204

三月：陌上花开，愿所有美好缓缓归来 ……………………… 207

四月：岁月静好，未来可期 …………………………………… 210

五月：风轻深意暖，花开流年香 ……………………………… 214

六月：心怀阳光，微笑前行 …………………………………… 217

七月：上半年再见，下半年你好 ……………………………… 221

九月：不负韶华不负秋，只生欢喜不生愁 …………………… 225

十月你好：既往不恋，未来不忧 ……………………………… 228

十一月：淡看世事沧桑，内心安然无恙 ……………………… 231

感恩十一月，拥抱十二月 ……………………………………… 234

后记：用一生的墨，染一世的香 …………………………………… 239

第一辑

一半诗意，一半清欢

"繁花似锦觅安宁，淡云流水度此生。"在时光深处，寻一处静谧，栽种一叶，一花，一菩提。

愿岁月无恙，许人间安暖。

等闲识得东风面，且与春色共安然

"一年之计在于春"。对于春天，总是怀着美好的期待。

初春，依旧乍暖还寒，空气中，还残存着料峭的寒意。草木凝霜，春寒中长出片片新绿。

立春过后，就迫不及待盼望天气回暖，盼望着春的气息暖一点，再暖一点。

山温水软，大地慢慢苏醒，褪去厚厚的冬装，睁开蒙眬的睡眼。

瞧，小草悄悄地从土地里钻出来，探出脑袋，随着春风，摇摇晃晃地感受春的暖意。

迎春花也在自顾自地绽放，淡淡的一层绯红，包裹着明艳艳的黄。片片花瓣，微微打开，像是在打开一个冬天的秘密，又像是在挥手迎接春天的明媚。

枝头粉白的梅花，托着金黄的花蕊，传达着春的讯息。无需羞涩，无需矜持，粉裙白衫待春风，涌出心头一叠叠的温柔。

从梅花树下走过，一不留神，就会被幽幽的暗香，撞个满怀。那香，甜甜的，软软的，又有一股清冽的气息，像是初融的雪水化开的清凉，拢在鼻尖，流在心田。

春天，是一场远道而来的浪漫。春风吹绿了江南岸，春雨苏醒了沉睡的梦境。

蛰伏了一个冬天的柔情，化作满怀的欣喜与期待。天地万物，在春的怀抱中，坚定而缓慢地生长。

山谷间，冰雪初融。树林里，鸟雀欢唱。一粒花籽，好似冬天写下的一封情书，春风起时，便寄给春天。

不用担心迷路，饱满的花籽会在温润的诗行里，生根，发芽，开花，直到芬芳扑鼻，在季节深处，悄悄抵达。

桃花和梨花，还睡在一纸信封里，只等春雨敲窗，唤醒倾城的花雨。

等春风渐暖，等春水初生，等春林初盛，与你一起，奔赴一场诗意盎然的花事。

等草色如烟，等柳色渐新，等陌上花开，等故人归来，共沐一身浓浓春色。

在将绽未绽的初春，东风一刻也不等闲，拿起光阴的笔，细细描摹浪漫的春光。山渐温，水渐暖，花渐红，草渐绿。

风吹眉眼，吹醒了一团团的春意，吹绿了一池池的春水。琉璃的往事，在一片春色里安家。回忆浅浅淡淡，浅若一痕远山，淡若一弯新月。

所有旧事，与山泉一起融化，酿一壶春茶。闲啜香茗，清新隽永，淡雅宜人。

"落日平台上，春风啜茗时"，清雅的茶香，泡开了漫山遍野的春色，晕染着眉间的欣喜，直抵内心深处的柔软。

品一盏茶，捧一本书，在清朗的春日午后，恣意享受静谧的美好时光。

沉醉于初春的山光水色里，看月明，听风轻。不染尘埃，不惹闲愁。

想起白落梅说："倘若心中藏一弯明月，又何惧世间迷离。烟火红尘，同样可以静赏落花,闲看白云。"

走在欢喜与落寞交织的红尘中,淡看白云翻卷,静听花开花落。

多少过往,多少别离,多少美丽与哀愁,也在这一刻归于云淡风轻,了然无痕。风烟俱净,无问西东。

"春日迟迟,卉木萋萋"。等闲识得东风面,且与春色共安然。手握一卷明媚,心怀一份淡然,浅度流年,风月娟然。

一春无事,只为花忙

春风,宛如一双轻柔的手,悄然推开了季节的门扉,将世间万物从沉睡中唤醒。

风渐暖,花渐红,草渐绿,在这烂漫的春光里,只想放下一切凡尘俗世,投入春的怀抱,做一个最虔诚的追花人,把春天的花事一一看尽。

一场春雨过后,玉兰就醒了。白色的玉兰花,皎皎如明月,温润如君子。它高雅脱俗,在枝头临风而立,不染一丝尘埃。

每次路过玉兰树下,我都会情不自禁地停下脚步。仿佛在沐浴一身清凉的月色,在欣赏一朵朵飘逸的白云,在等一位身穿白衣的仙子,与我在春天的路上,共赏一场浪漫的花事。

桃花,是春天浪漫的信使。当一树又一树的桃花,渐次盛开的时候,人间也有了一场又一场的相逢。

"去年今日此门中,人面桃花相映红。"粉粉嫩嫩的桃花,像是少女羞涩的脸颊,三五成簇,缀满枝头。轻盈的粉色花朵,盛放时,烂漫如云霞,凋落时,凄美似花雨。

"人面不知何处去,桃花依旧笑春风。"桃花开时如诗如画,败时悄无声息。正如那场桃花树下的相遇,每每想起,总觉惋惜。也许,这世间真正美好的东西,都是短暂的,譬如生命,譬如爱情,譬如春天。

如此美好的春光,万万不能辜负。邀一缕春风,去山野间走一走。去看漫山遍野的杏花。

比起桃花的娇艳妩媚,杏花更显清新淡雅。一树粉白的杏花,宛如一位身穿白衣粉裙的少女,安安静静地站在春风里。

是一寸阳光,一滴春雨,一缕春风,敛去了初春的清寒,携着满山的春色,落在一瓣杏花里。

"小楼一夜听春雨,深巷明朝卖杏花。"某个春日的清晨,听雨,听卖杏花,等一场春天的相遇,等一个春天的期盼。

回到庭院,恰逢梨花盛开。淡而幽雅的香气,洁白如雪的花瓣,冰清玉洁,花蕊微黄,恰似美人唇边的一点笑意。

梨花,是安静的,温婉的。它优雅地绽放在枝头,不与百花争艳,却自有一番脱俗的韵味。"寂寞空庭春欲晚,梨花满地不开门",站在这如雪的梨花树下,忘却一切烦扰,感受到岁月的静谧与悠长。

春天的相思,是属于海棠的。海棠花的盛开,总是在不经意间。百媚千红,娇艳欲滴,让人欲罢不能。

"凌晨四点醒来,发现海棠未眠。"每每读到川端康成的这句话,总觉孤寂与清幽。暗夜低垂的夜色里,只有海棠对月梳妆。总觉得这时,你应该在我身边。

春从来不语,却温柔了世界。花从来不语,却芬芳了人间。

一春无事,只为花忙。寻一处花香,忘却尘世慌张。

做一个被春天宠爱的人,走进一树一树的花开,对每一朵花微笑。用相机定格每一个绚烂的瞬间,用画笔描绘出心中的繁花似锦,用文字记录下这份独属于春天的浪漫。

风暖花香绿渐浓,且与岁月共从容

时光匆匆,忽而春深。

层层叠叠的花影,落在岁月的宣纸上,像是一段段缱绻的梦境。清风,勾勒出桃之夭夭的妩媚,描摹出杏花微雨的浪漫。

繁花褪去残红,在风中一寸寸地零落。荒芜的绿意渐次苏醒,一步步攻城略地,宛如一朵朵绿色的花,开满枝头。

清凉的绿意,是爱,是暖,是希望,是最美的人间四月天。

不知不觉,已到暮春。春风愈发地温暖,天空也越来越蓝,蓝得没有一丝褶皱。大片大片的云,游离在千山之外。

听听风,看看云,把自己放逐在暮春的时光里。那些过往的琐事,就让它随风飘散。

春色渐深,花事未了。暮春,一半连着凋零,一半酝酿着生机。

此时的春,和风日暖,繁花渐次褪去。天地间葳蕤的绿意,开始恣意生长。

青绿、翠绿、草绿、黄绿、深绿、墨绿……各种各样的绿,浩浩荡荡地铺满春末的时光。

每当心情不好的时候，就喜欢出来走走，把自己置身于满目的绿意葱茏中，任由这份清爽，洗去内心的烦闷与不安。

这个春天，其实，大家都一样。每个人的日子都很难挨。

诗人叶睿涵在《困在岛屿》里，这样写道：

> 这是一个被修剪过的春天
> 我们到宇宙去冒险
> 你说每个人的日子都难挨
> 在来不及流泪的时候
> 一朵云就能堵得哑口无言
> 生活治愈不了什么
> 无非是在过于冷的时候
> 挤出一些期待来
> 期待在这泥泞的人间
> 能等到一艘船靠岸

这是一个被修剪过的春天。有突如其来的意外，有无法排解的忧愁，还有偶尔的焦虑与迷茫……

"在来不及流泪的时候，一朵云就能堵得哑口无言"。即使身处逆境，也要为自己搭建一道壁垒，抵挡世间的变化无常。

为这个春天，挤出一些期待，为那个不放弃的自己，积攒一些力量。

备受煎熬的时候，就抬头看一看那些开花的树。杏花落了，还有桃花。桃花败了，还有海棠，还有晚樱，还有蔷薇……即便百花落尽，还有那一树一树的青绿。

大自然的美，总是有最柔软的治愈力。

艰难无助的时候，不要频频回望过去，用懊恼和后悔惩罚自己。与其沉溺于无法改变的过去,不如坦然接受。

也不要对于未来抱有不切实际的幻想。想得太多,就是自寻烦恼,只会让自己更加焦虑迷茫。

努力活在当下,拒绝内耗。无需活在别人的目光里,把重点转移到自己身上,学会关爱自己,取悦自己。不过分苛求完美,拥抱自己,欣赏自己,与自己和解。

停止内耗,试着把时间和精力,放在当下重要的事情上,一步一步积极行动,一步一步向前走。

走着走着,你会发现,疲惫和忧虑,已经在不知不觉中烟消云散了。

相信,无论当下多么难熬,也总会有缝隙中开出花的时刻。熬过了最艰难的日子,才能在生命的褶皱里,重拾通透与豁达。

杨绛先生走过大半人生,曾感慨地说:"人间不会有单纯的快乐,快乐总夹杂着烦恼和忧患,人间也没有永远。当你明白了无常,会发现一切都只是寻常。"

世事多变,人生无常。花开花落,月盈月缺。当我们学会了用一颗平常心,看待人世的种种变化,就会减少很多因为执念而产生的痛苦。放下执念,内心才能回归安宁。

明白了无常,便能从容面对世事沧桑。得意时坦然,失意时淡然,一切顺其自然。

暮春,将夏。风暖花香绿渐深,且与岁月共从容。

满目山河空念远,不如怜取眼前人

一

春色如旧,流年空瘦。

时光太浅,留不住来日方长。岁月太短,到不了地老天荒。

曾经的岁月静好,现世安稳,被突如其来的意外,折腾得兵荒马乱。再回首,恍如一梦……

有的人,还没来得及说再见,就再也不见。就这样,永远地消失在凌乱的春风里。

花开满了春天,却再也见不到归人。

春雨绵绵,是天空落下的眼泪,为那意外之殇,为那不安的灵魂,为那哀怨的叹息。

空气里,凝结了丝丝凉意。淡淡的忧伤,滑落在春风里,支离破碎,随风飘荡。

有的离别,没有长亭古道,没有西风瘦马,没有杨柳依依,只在那个普通的春日午后，无声地告别。

匆匆，一切太匆匆，如林花谢了春红。落花流水，造化弄人。

二

人生的旅途中，走走停停，有的人与你并肩前行，有的人匆匆别离，有的人可以陪伴你一程，有的人却在悄无声息中告别……

所有的相遇，都是命中注定。所有的告别，也是逃不出的劫。

一直觉得，人生就是一场修行。我们每个人，都是时光的旅人。

一路上，有风有雨，有喜乐也有哀愁。无论怎样的境遇，都是人生的必经之路。无需过多言语，总会有一些美丽与感动，流淌心间。也会有说不出的悲伤与痛苦，立于眉间，挥之不去。

一个转身，一些人，一些事，就埋藏在了红尘的烟雨中。

也许，每个人内心深处，都有一层无法释怀的遗憾，也有别人无法理解的忧伤。可是啊，人生就是这样，风雨交织，悲喜交集。一层欢喜一层忧，一层明媚一层愁。

花开花落，似水流年。当尘世的风风雨雨，敲过岁月的窗，难免让人伤感，让人疼惜。

走过世间冷暖，淡看人生百态。让所有的相遇与别离，所有的欢喜与悲伤，都随着春风，吹散在光阴的指尖，揉进历史的长河里，被岁月装订成一份老旧的回忆。

用心感受，静静回望，风雨人生，一路前行。

三

世事聚散无常，莫待遗憾染流年。

生命，有时候很坚强，坚强到可以扛起所有的苦痛与伤悲。生命，有时候又是如此脆弱，脆弱得不堪一击。

人生无常，命运叵测。我们永远不知道，明天和意外哪个先来。而我们能做的，唯有珍惜。

放下执念，淡看风景。缅怀过去，但也不过分地沉溺悲伤。学会告别，学会接纳，好好地活着。活着本身，就充满了力量。

在《活着》的韩文版自序中，余华这样写道：

> 作为一个词语，"活着"在我们中国的语言里充满了力量，它的力量不是来自于喊叫，也不是来自于进攻，而是忍受，去忍受生命赋予我们的责任，去忍受现实给予我们的幸福和苦难、无聊和平庸。

别想太多，坦然接受生命中一切的发生。收拾好心情，打点好行囊，努力向前走，走着走着，生命就会有温柔的着落。

泰戈尔说："春天把花开过就告别了。如今落红遍地，我却等待而又流连。"

不必等到繁花落尽再去遗憾，不要等到斯人远去而独自憔悴，不要等到失去了机会才后悔没有珍惜。

人生短暂，学会善待自己，也懂得珍惜身边的人。过去的，就让它过去；未来的，也不必忧虑；现在的，好好珍惜，好好生活。

人生，走一步自有一步的风景。好的坏的，都接受。

满目山河空念远，不如怜取眼前人。愿我们从此不辜负每一份珍惜，珍惜当下，珍惜眼前人，不负岁月，不负余生。

暮春，开一朵蔷薇在心间

时光匆匆，林花谢了春红。

走着走着，就走到了人间暮春。不知不觉间，桃花落了，柳枝绿了，绿色渐肥红渐瘦。春日里的点滴美好，也在指缝间悄然溜走。

来不及回首，就被岁月的手，推着向前走。走过立春，走过雨水，走过惊蛰，走过春分，走过清明，走过谷雨。

过了谷雨，春天就接近尾声了。浩浩荡荡的春，即将落下帷幕。留不住的春光，如满地的落红，随风而逝。

"最是人间留不住，朱颜辞镜花辞树。"未见花开，只听花谢。仿佛就在不经意的一瞬间，岁月苍老了容颜。

如同那些美好的时光，拥有时，并不觉得多么珍贵。可是，当你有一天当你想起的时候，却忽然发现，那样美好的时光，已经一去不复返了。

走进五月，是暮春，也是绿意盈盈的浅夏。

风越来越暖，绿意越来越浓郁。暮春的花事，渐渐凋零。浅夏的脚步，踩着一朵朵蔷薇，翘首而来。

如果说，桃花是独属于春天的浪漫。那么，蔷薇，便是夏天的信使。

清风裹着一层花香，把春天一片片地打包，塞进岁月里典藏，酝酿出甜美的芳香。

春天的花事，渐渐落幕。而蔷薇，却以迅雷不及掩耳之势，霸占了五月的清浅时光。

院落里，街道边，城墙上……放眼望去，好像哪里都有蔷薇。蔷薇花，白的如云，粉的似霞，红的如锦。

你甚至不记得它是什么时候开的，但当你留意到的时候，蔷薇花已经哗啦啦地开放了。一朵朵，一片片，连成一串动人的音符，谱写着浅夏的赞歌。

蔷薇花开的时候，就是这么热烈，如一泻千里的瀑布，缤纷成绚烂的花海。当你从蔷薇花下走过，风是蔷薇风，香是蔷薇香，人也变成蔷薇人了。

"心有猛虎，细嗅蔷薇。"不错的，无论多么坚强的人，在蔷薇花下，也一定会变得温柔起来。

轻轻地，走进蔷薇花海。整个人，都放松下来了。凑近一朵蔷薇，慢慢地靠近，闭上眼睛，细嗅蔷薇的香。

它的香气，甜甜的，一丝一缕的甜香，随着五月的暖风，钻进你的鼻腔。然后，又如一股细流，注入你的心田。

这一刻，整个人都变得香甜了，温柔了，深情了。

在一朵蔷薇花面前，你终于放下所有的戒备，微笑起来。

微微一笑，你与蔷薇两两相望。就像与生活，与过往，与岁月，握手言和。

当你凝视蔷薇的时候，这一墙的蔷薇花，就开在了你的心里。

有时，在繁忙的生活之外，我们需要在心里开出一朵蔷薇。这朵蔷薇不需要多么耀眼，只如深谷幽兰一般，静静地开放。

五月，蔷薇花开，风和日暖，美好人间。

夏日清欢，只此青绿

夏天的风，如果有颜色，一定是绿色的。

炎炎盛夏，唯有夏风带来的一抹青绿，才能抚慰人心。眼眸里的绿，是独具诗意的夏日绝色，是草木葱茏的清幽之境，也是平息燥热的清凉之意。

抬头，凝望雨后的天空，干净，澄澈，像是一汪静谧的湖水，闪耀着宝石一般深邃的蓝。

白云，被风轻轻一推，散落一地如雪的棉絮。更远处，依旧是各种形状的云，慵懒地游离着。云朵，随着清浅的风不断变换着模样，有时聚在一起像放牧着的羊群，有时又突然散开，在蔚蓝的天空里，扯着长长的流苏。

路边，大片的飞蓬草，披一身绿色的叶子，头顶着粉白的花瓣，昂着金黄色的笑脸，寂寞地开放着。不管有没有人欣赏，依然美丽着，仰望这一方晴空。

草绿色的叶子，在阳光下，反射着金灿灿的光芒，好似波光粼粼的水面，随着清风，泛起层层涟漪。

小小的麻雀，在梧桐树上叽叽喳喳地叫个不停。那声音，融化在浅绿色的风里，时而清脆悦耳，时而低沉婉转，时而清歌悠扬……不断变化的旋律，如同夏日里的钢琴曲，弹唱着永不落幕的欢欣与自由。

走在树荫下，手臂上，脸庞上，忽明忽暗的光影，斑驳交错。果绿色的裙摆，也随着清风，轻轻摇曳。

夏天午后，有一种宁静祥和的美。微风不燥，阳光正好。目光所及，都是溢满希望的绿色。

我喜欢这样的绿。每一处绿，都洋溢着无限的生命力。每一种颜色的绿，都散发着赏心悦目的惬意。

好像是谁一不小心打翻了颜料盒，各种各样的绿，一股脑儿跑了出来。

这绿，是"接天莲叶无穷碧，映日荷花别样红"的碧绿，绿叶擎着粉荷，一一风荷举，开出了盛夏的清雅。

这绿，是"青苔满地初晴后，绿树无人昼梦余"的青绿。满地的青苔，满枝的绿叶，只一眼，便满目青翠，满心欢喜。

这绿，是"陌上桑，无人采，入夏绿荫深似海"的浓绿。绿树成荫，再漫长的夏日也有了盛大的清凉。

这绿，也是看不尽，数不尽的翠绿、墨绿、深绿、草绿、嫩绿、粉绿、黄绿……一年四季，也只有夏天，才能集齐这么多的绿啊。

这么多的绿，混合在一起，凝聚成一条绿色的溪流，仿佛从遥远的深山，带着不染世俗，不惹尘埃的清净，奔腾而来。在这凡尘的夏日里，湿润着世人的眼眸，滋养着干涸的心田。

风，是绿的。水，是绿的。连阳光也变成了绿色。

夏日时光，有了绿，就有了勃勃的生机，有了绵延不绝的希望，有了所有美好的期待。

如同我们的人生，穿过幽幽暗暗的岁月，也曾迷茫，也曾彷徨，也曾在黑夜里迷失自己。

但只要绿色的希望在，无论多么黑暗的时刻，总会有一束光照进生命，给你温暖，给你力量。

当你熬着这段无人问津的岁月，你会发现，你已经不再是那个弱小无助的自己。你会变得更加强大，更加自信。你终会邂逅一个喜欢的自己。

风吹一夏，绿树成荫。蝉鸣蛙叫，荷花盛开。

雨打芭蕉，苔痕阶绿。夏日清欢，只此青绿。

愿你在这个夏日，心怀一抹绿意，向阳而生，向光而行。愿你不卑不亢，温柔且善良，清醒而坦荡，明媚不忧伤！

繁花似锦觅安宁，淡云流水度此生

一

时光如织，光影如流。不知不觉间，夏已将近尾声。

一声声蝉鸣，从枝叶疏离间荡漾开来，似乎是在举办一场别开生面的演唱会，唱一曲盛夏的离歌。

清风绵绵，从深山幽谷，踱步而来。每一步，都是清凉与自在。

朵朵白云，柔柔的，软软的，像是甜甜的棉花糖，带着无尽的思念与眷恋，在天边游荡……

天空，晕染着大片大片的蓝。宛如一张蓝色的幕布，没有一丝褶皱，整整齐齐地铺设开来，一直延伸到看不到的远方。

风雨过后，树叶更加繁密。深绿色的叶子，沐浴着阳光，散发着草木独有的清香。伸出手，抚摸着它清晰的脉络，感受生命的悸动与欢愉。

粉色的木槿花，还在温柔地开放着。听闻，木槿是朝开暮落的花儿。在傍晚时分，花朵就会凋零，但在清晨，花朵又会重新绽放。

无论风雨如何侵袭,无论黑暗有多么漫长,只要太阳升起,只要光明到来,木槿花依然会再次温柔地绽放,绵延不绝,生生不息。

二

午后,点上一支檀香,泡上一盏老茶。

当沸水与茶叶相融,茶香氤氲,檀香袅娜,丝丝缕缕的缠绕着。跌跌撞撞,拢在鼻尖,落在心头。

内心,一片澄澈与静谧。所有的繁杂与荒芜,都被阻挡在千山之外。

我听见松风落笔,写下夏日满目的苍绿。那一片片绿,浩浩荡荡,摇落了旧时的风月,将一段段往事,安放在群山之巅。

绿,开始变得极浅极淡。恍惚间,像是被岁月的风声洗劫,踉踉跄跄,落荒而逃。

也许,繁华到了极致,便是素静。

如茶,在时光的雕琢下,慢慢褪去青涩与浮华,取而代之的,是质朴的身姿,是朴素的容颜,是静美的姿态,是醇厚的内敛。

盛夏的喧嚣,一下子安静下来了。漫山遍野,都是寂寞在生长。

三

捻一缕香,慢慢拂去内心的焦灼与不安。

人这一生,有太多的变幻莫测,也有太多的身不由己。

有的人,走着走着就散了;有的情,念着念着就淡了;有些回忆,变成了泛黄的老照片;有些离别,一不小心就成了永别。

季节辗转,岁月变迁。不经意的一瞥,再回首已是经年。

村上春树在《世界尽头与冷酷仙境》里写道:世上存在着不能流泪的悲哀,这种悲哀无法向人解释,即使解释人家也不会理解。它永远一成不变,如无风夜晚的雪花静静沉积在心底。

唯有内心的慈悲，不幻不灭，长成永生的模样。

抬首看云，低眉见溪。云卷云舒，花落浅溪。风，停留在耳畔，低吟浅唱，一曲远方的歌。

一盏香茶，便是一段光阴；一缕清风，便是一份守候；一片山河，便是一种岁月。

"繁花似锦觅安宁，淡云流水度此生。"在时光深处，寻一处静谧，栽种一叶，一花，一菩提。

愿岁月无恙，许人间安暖。

最美的清秋,风轻云淡

喜欢秋天,喜欢的便是那种风轻云淡的感觉。

淡淡的一抹蓝,是天空的底色。浅浅的一团白,是云朵的本色。

风,从山川田野间悄然而来。像是一件舒服的没有一丝褶皱的棉麻衣服,包裹着你的每一寸肌肤。

轻轻地,不带一丝痕迹,偷偷爬上你的额间,落在眉梢。眉间,化开了一季的清凉与欢喜。

风,是秋的使者,含着微微的凉意,将山河渐次晕染。你看,那漫山遍野的绿,渐渐瘦了下来,取而代之的是独属于秋的颜色,是一抹明媚的黄,是一弯温暖的橙,还有一点耀眼的红。

清秋,是一首让人不忍卒读的诗,诗里有秋风来安家,有花香来缠绵。以凉风为引,用白露着墨,写下阳关三叠,写下西风瘦马,写下天光云影,写下倾城往事。

携一缕凉风,与浓浓的花香撞个满怀。那香,软软的,糯糯的,闭上眼,轻轻地呼吸,像是喝了一口甜甜的桂花蜜。

哦，对了，这花就是桂花了。小小的一粒黄，单独一朵隐在绿叶里，并不起眼。但它们耐不住清秋的寂寞，一朵挨着一朵，一簇拥着一簇，开在一起。

那香，便也多了一分甜腻与浓烈。甜而稳妥，浓烈且惆怅，像一团浓得化不开的相思。

总在你不经意的时候，拢在鼻尖，落于心头。当你刻意去追寻的时候，却又忽而不见了踪影。

想来这世间，所有的甜蜜与美好，大抵如此吧。比如短暂的青春，比如懵懂的爱情，比如悲悯的情怀。当你拥有的时候，并不觉得有多么珍贵。可当它们一旦消失，那种怅然若失的遗憾，开始弥漫整个身心。

恍惚间，你竟有些分不清，自己念念不忘的，究竟是一袭凋落的花香，还是一段老去的旧时光？

一池秋水的静谧里，多少等待遥遥没有归期，多少回望早已形同陌路，多少缘分走失在茫茫人海。

在时光的长廊里，闲庭漫步。看落霞与孤鹜齐飞，观秋水共长天一色。落花枯萎了容颜，落叶皈依了生命的轮回。

将青梅煮酒的往事，也一并散于秋风。与过往轻轻告别，与故人一一挥手。

几程山水，几度风雨。把那些曾经看过的风景，饮过的茶，还有那些老去的故事，说过的话，全部填入岁月的辞章。

当光阴瘦减了年华，便守着一纸淡淡的清欢，物我两忘，各自相安。

踩着花的香，踏着风的凉，走在风清月白的淡然里。

清白，是秋风的颜色。寂静，是秋叶的声音。素简，是秋天淡泊的韵味。

这是一种云淡风轻的恬淡与闲适。似微风，若闲云，淡而悠远，余韵悠长。

淡而美，是独属于秋的美。淡，不是寡淡，不是无味。相反，它是意境深远的丰富。淡而无极则众美从之。

淡,是朦胧之美,如清凉的月辉,照耀着古今。淡,是留白之美,如徘徊的浮云,悠悠然漫步云端。淡,亦是轻逸之美,如山间缥缈的云雾,如梦如幻,若隐若现。

"宠辱不惊,看庭前花开花落;去留无意,望天上云卷云舒。"这也是云淡风轻的人生境界。

忽然觉得,从容地老去,亦是一种别样的美丽。就像一朵花凋落了繁华,像一首诗搁浅了韵脚,像一壶茶氤氲了季节。

如秋一般,不慌不忙,不急不躁,从从容容过好自己的人生。

最美的清秋,风轻云淡,岁月安然。

半生风雪，吹落深秋霜月

一

仿佛一夜之间，这座城市就冷了。风，也染上了季节的霜华，裹着一层层的寒意，走进岁月深处。

风轻云淡的浅秋，随着淅淅沥沥的秋雨，渐渐消失在回忆里。十里桂花，裹着幽幽的冷香，零落满地。

想起冯唐的诗："秋天短到没有，你我短到不能回头。"心里，竟有些淡淡的伤感。再回眸，岁月忽向晚，人间已深秋。

你看，银杏叶已是大片大片的黄，远远望去，像是凌寒绽放的花儿。明艳艳的黄，也为深秋增添了一抹明媚。

枫树林像是偷喝了山间的陈年老酒，倚着秋风，恋着秋雨，酡红如醉。宛如女子涨红了的脸，娇羞而妩媚。

到了深秋时节，绿色渐渐瘦了下来。一半凋零于岁月，一半染黄于枝头。

风，也有了层层叠叠的寒意。总在你不经意的时候，撞入你的怀中，钻入你的脖颈。寸寸薄凉，袭上心头。而后，一丝一缕地蔓延全身。

身体的每个细胞，都苏醒了。似乎就在一瞬间，如天光破云影，炸裂开来。

是深秋了。如此含蓄内敛，如此深沉厚重，又是如此发人深省。

二

深秋，仿佛是一位走过半生风雪的故人。卸下半生浮华，放下满身的疲惫，回归内心的安宁。

回首往事，霜月落庭前。思绪随西风漫卷，回忆难写。那些哭过的，痛过的，都蜕变成了坚强。那些委屈的，遗憾的，都刻画成了风景。

看人间多少聚散，都如月亮一般，阴晴圆缺。听世间多少故事，都如四季轮回，花开花谢，苍老了年华。

雨打芭蕉，桐叶寥落。深秋的时光，有些薄凉，有些清寒，有些沧桑。生命褪去了青涩，收敛了锋芒，慢慢地，越来越成熟，越来越安静。

如一壶老茶，袅袅馨香，温柔了这个季节的清冷。

匆匆的记忆里，总有些人，无法停留。相遇只在刹那，转身即是天涯。

漫漫的人生里，总有些事，无法如愿。岂能尽如人意，但求无愧于心。

到了深秋，越发懂得了释怀。就像世间万物，都在做减法，摇落了枝叶，瘦减了年华。

人生的秋季，亦是如此。走过千山万水，看过风起云涌，千帆过尽，繁华看透，才有内心的淡定与从容。

三

汪曾祺在《人间草木》里说："逝去的从容逝去，重来的依然重来，在沧桑的枝叶间，择取一朵明媚，簪进岁月肌里，许它疼痛又甜蜜。"

如水的光阴里，总有些风景黯然落幕。而我们，不必在别人的风景里迷失自己。活得简单自在，走自己的路，过自己想要的生活。

邀一缕晚风，用月色浸润。蘸一滴霜露，用花色调匀。挥毫泼墨，写下光阴里的故事，写下秋天的辞章。

而我，静静地坐在深秋的诗行里，披一身月色，染一程秋韵。眉间，生出薄薄的凉意。

繁华落尽，返璞归真。那些热烈与奔放，那些浮华与沧桑，那些繁杂与琐碎，都渐渐归于素淡与简静。

这是深秋独有的韵味，也是人生必经的成熟。删繁就简，活得简单而快乐。安之若素，活得从容而淡定。

抛开俗世的羁绊，轻握一份懂得。如秋一般，内敛而成熟。在沉静的时光里，与季节把盏言欢，与世界握手言和。

人生，既有望穿秋水的等待，也有生生不息的希望，和不期而遇的惊喜。

守着一颗平常心，认真地活着，优雅地老去。顺其自然，妥帖而温暖。

秋深霜寒，人间依旧值得。

半是斑斓半惆怅，一念素简是清欢

岁月忽向晚，山河染秋色。不知不觉，已是深秋。

深秋，读起来，有种厚重的感觉。它没有春的明媚，没有夏的热烈，没有冬的清寒，却别有一番韵味。

一片秋叶落，带着时光的叮咛。一池秋水静，沉淀着光阴的韵脚。

如果说，四季都有色彩。那么，春天便是嫩芽刚吐蕊的新绿，是朵朵盛开的桃红和李白。夏天，是生机盎然的葱绿，是爬满篱笆墙的蔷薇红。冬天，是片片雪花染白的银装素裹。

当秋天进入到深秋时节，一幅幅斑斓的画卷才开始缓缓打开。像是有人不小心打翻了四季的调色盘，以秋风为笔，描摹出绚烂的人间山河。

深秋的户外，见得最多的便是各种颜色的菊花了，有耀眼的金黄，有淡雅的雪白，有宜人的粉红，有热情的火红，还有清新的淡绿……

"寒露百花凋"，但菊花偏偏在深秋时盛开，寒露一过，便是"满城尽带黄金甲"的菊花盛况。

菊开倾城，人间有菊亦清欢。这个秋天，不妨走出去赏菊吧。东篱把酒黄昏后,一簇傲菊凌霜华。

菊科的花儿,陪伴着秋色染了一程芳华。继续往前,脚下的梧桐叶吱呀吱呀地发出响声。此时的梧桐,也改变了最初的模样。

枯黄的梧桐叶,一片片凋零,一地的叶子,一地的静美与无言。再遇上缠绵的秋雨,雨打梧桐,萧萧疏叶,梧桐就成了深秋里最浪漫的一道风景线。

在清冷的秋色里,熟透的山楂无疑是山林里最靓丽的一道色彩。远远望去,红彤彤的山楂像是一个个甜蜜的笑脸,隐匿于丛林之中。只等你走过一道道山路,留下一串串酸酸甜甜的印记。

除了山楂,软糯糯的柿子也张开了泛红的脸庞。高高的枝头上,一个个火红的柿子,像是一盏盏灯笼,点亮满山的秋色。

摘下最红的柿子,美美地咬上一口。软软的,甜甜的,是独属于这个季节的韵味。

等夕阳西下,落日的余晖洒满山坡。万物都披上了一层橙黄色的薄衣。

白色的芦苇在风中摇荡,泛黄的思念,被拉得悠长,悠长……

"秋光大好,一想起你心里就暖暖的,就像秋天温热的阳光下,风穿过落叶的温度。"秋天,适合思念,在层层叠叠的秋色里,典藏心底的温柔。

秋色渐深,秋意渐浓。秋风谱写熟悉的歌谣,唱给你听。秋叶铺就一地的浪漫,为你印上不褪色的流年。

一路向前走,走过秋水长天,抖落眉间烟火,与你共赴寒冬,同赏白雪。

悠悠岁月,总有一个人心心念念,总有一个季节安放疲惫,总有一处风景慰藉心灵。

深秋,是一道寂静的禅境。色彩虽然绚烂,但底色却是内敛的、暗淡的,仿佛心底那一抹浓得化不开的思念,穿过幽幽暗暗的岁月,过尽千帆皆不是,斜晖脉脉水悠悠。

雨中的晚秋,多了几分苍凉的况味。纳兰性德在秋雨绵绵的夜里,回忆往事,满怀惆怅:"夜雨做成秋,恰上心头。教他珍重护风流。"

生命中，出现的每个人都是命中注定的缘分。有些相遇，总在不经意间惊艳了时光。有些别离，总在静默无言中惊扰了岁月。

片片秋色散落在时光里。一半是明媚的斑斓，一半是温婉的惆怅。

秋风微凉，把思念的眉眼染上一层白霜，回忆过往，还是旧时模样。

深秋，薄念。素简，清欢。

深秋如诗,温柔又治愈

时光微凉,岁月无恙。不知不觉间,西风凋零了枝头的叶。一个转身,已是深秋。芦花白,秋草黄,菊开向晚,霜落满天。

之前的我,是并不喜欢深秋的。深秋的到来,就意味着风和日暖的浅秋渐行渐远,寒风凛冽的冬季,即将到来。

素来喜欢一切温暖的事物,对于日渐寒冷的深秋,内心有些害怕,也有些小小的抵触。

有时,我甚至幻想着,乘一缕秋风,紧紧拽住秋的尾巴,不让它在光阴的缝隙里溜走。

让时光走得慢一点,再慢一点。让此刻的阳光暖一些,再暖一些。

但我知道,时光不会为谁停留,季节更迭,从春走过夏,从秋走到冬,任谁也无法阻挡。

而如今,年岁渐长,在岁月的跌宕起伏里,尝透了红尘的悲欢离合,看遍了世间的悲喜哀愁,人也越发平和。顺应自然的变换,接纳人生的无常。

学着适应这世间所有的温度。如同此时的季节,经历了春的温风和煦,夏的热烈葱茏，从容地走进秋的多姿多彩。

哪怕最后一片叶子落尽，也只是轻轻挥一挥衣袖，迎接冬的清冷与萧瑟。

有时，我甚至觉得，人生亦如四季。"春有百花秋有月，夏有凉风冬有雪，若无闲事挂心头，便是人间好时节。"

人生最好的境界，是丰富的安静。当我真的静下来，走出去，目光所及，皆是深秋的美意。

秋风似一支画笔，描摹着人间最后的秋色。斑斓的秋意，如一幅油画，在天地间，徐徐展开。

南山的枫叶，由葱绿变得绯红。如果说，绿是生命最初的懵懂，焕发着勃勃生机。那么，这片红便是历经风雨吹打之后的坚韧与豁达。

满山的红叶，在秋风里，浩浩荡荡地举杯，一醉方休。仿佛要把命运的一切赐予，都融进这一片火红的醉意里。

内心，也变得明媚起来。尘世的喧嚣与嘈杂，在此刻，是那么不值一提。曾经的迷茫与困顿，也在此刻随着秋风，一一消散。取而代之的，是明朗的惬意，是淡淡的欢喜。

深秋里的银杏，也换上一身金灿灿的新装。芭蕉扇似的叶子，在秋风中舞动着，诉说着这一路走来的艰辛与不易，细数流年里的那些美好与感动。

阳光毫不吝啬地在银杏叶上撒上一层金箔，似乎要给它穿上一件御寒的外衣。一丝温热，来自眉峰之下的眼波，斑驳的光影，在眉目中流转。

加缪曾说："秋是第二个春。此时，每一片叶子都是一朵鲜花。"秋风起，秋叶落。每一片落叶，都是秋天凋零的花。它没有春花的娇艳，也没有雪花的洁白。但是，秋天的花，有一种独属于这个季节的美，是成熟的气质，是内敛的风韵，也是一种明亮而不刺眼的光辉。

人生路上，恰恰需要这种光芒，素静而妥帖，给人温暖，给人力量。

生命的四季，从繁华走向沉寂，此时的岁月，静美又丰盈。落叶带着秋的温度，明朗又倔强。

黄昏时分，夕阳的光芒，变得柔和起来。天边的晚霞，也被染成了暖暖的橙红色。不一会儿工夫，也变成了浅浅的粉红，恰似少女娇羞的脸颊，让人格外怜惜。

当落日跌进迢迢星野，深秋的凉意，悄悄爬上眉弯。

采撷一抹明媚，心怀一份诗意，不惧岁月沧桑，不惧世间寒凉，许你温柔又治愈。

岁暮天寒,浅冬安暖

不知不觉,已是浅冬。

时光总是在不经意间偷换四季的容颜,从春的姹紫嫣红,到夏的绿荫繁盛,从秋的五彩斑斓,到冬的清冷素简。

窗外,冬意渐深,空气中弥漫着丝丝寒意。冷风,缠绵着树叶,沙沙声响,宛如时光的脚步,踩在逐渐枯黄的梧桐叶上。

凋零的树叶也怅然落地,像一声沉重的叹息。到了冬天,风儿总是霸道地把草木一点点疏离,只留下枯枝残梗的孤寂。

冬,收敛所有的繁华,裹挟着季节深处的寒冷,就这样悄然而至。眼前的冬,有着繁华落尽的宁静,与岁月相依。

冬,它像一个安静的倾听者,倾听着岁月里的世事无常,包容着季节里的悲欢离合。

喜欢有阳光的午后,一个人出来走走。阳光温热,暖暖的光线,如一层柔软的薄纱,被风轻轻一吹,落在枝头的叶子上,斑驳地跳跃着。

此时的银杏,已是满树金黄。在阳光的照耀下,越发灿烂耀眼。偶尔,几片叶子，从枝头缓缓落下，像是可爱的小精灵，跳着舞，与树做最后的告别。

小小的银杏叶，似一把折扇，静静地落在地上，聆听大地的呼吸。以西风提笔，写下一句句浅冬的诗行。

我时常想，叶子飘落的时候，应该是无悔的吧？

春天，它迎着春光，披着暖阳，抽出嫩绿的芽。夏天，它尽情地接受风雨的洗礼，努力向上生长。秋天，即使被秋风一片片染黄了颜色，依然优雅地在风中起舞。到了冬天，叶子开始慢慢凋零，安安静静地，敛藏自己的芳华。

一如我们的人生，只要曾经努力过，不管结果如何，都无怨无悔。

走到一定年龄，慢慢发现，真正热爱生活的人，从不抱怨。

要知道，这个世界上，没有人为你的抱怨埋单。真正能够拯救自己的，只有自己。

但总有些人，喜欢抱怨。抱怨工作不顺心，抱怨生活太无趣，抱怨命运不公，抱怨怀才不遇……

如果一味怨天尤人，为自己的人生埋下抱怨的种子，永远也开不出锦绣的花朵。

放下喋喋不休的抱怨吧，除了增加负能量，不能解决任何问题。抱怨毫无意义，与其怨天尤人，不如努力提升自己。

学会自省，不必总是羡慕别人的优秀，凭借自己的努力也可以在平庸里开出花来。即使生活有偶尔的不如意，也要学会自我温暖和慰藉。

学会改变，人生不过是逢山开路，遇水搭桥。如果不满足于现状，那么就去改变自己。去读书，去学习，去认真工作，去好好生活。你终会遇见一个更加美好的自己。

学会接纳，人生没有完美，每个人都有自己要渡的劫。接纳那些无法改变的事情，把时间和精力放在真正有价值的事情上。

有人说："未曾放下过往的人，最怕回忆。当翻阅过往时，才发现，我们都是时间的过客。"

放下回忆，活在当下。收起抱怨，微笑向前。人生，总有不期而遇的惊喜，和生生不息的希望。慢慢来，按照自己的节奏去丈量自己的人生。

不惧成长的风雨，也不必在意外界的眼光。你所期待的一切，岁月都会给你。

一季有一季的风景，一程有一程的欣喜。心怀热爱，不管你走在哪里，都能从生活中挖掘出乐趣。

时光惊雪，岁月无言。岁暮天寒，浅冬安暖。心若温暖，生活处处充满阳光。你若从容，世间万物都是最美的风景。

深冬，枯瑟之境

我时常对着深冬里的一棵树发呆。

有时是街道旁边的桐树，有时是小区角落里的槐树，有时是学校门口的银杏树，也有时是旷野里的杨树。

不管是什么树，到了深冬时节，都有了一种庄严的肃静。叶子摇落了，过往的繁华，如一道尘烟，随风飘散。

整棵树，只留下干枯的枝干，在蔚蓝的天空下尽情舒展。远远望去，似一幅简笔水墨画，寥寥几笔，勾勒出冬的风骨。

当你走近一看，你会发现，那些褐色的枯枝，就像母亲的手，在岁月的浸泡下，老了，弯曲了，有了皱纹，有了数不清的斑点……

冬天的树，是孤独的。叶子离去，花朵凋落，果实也被掩埋在岁月的尘土里。

一棵树，就这样孤零零地站在凛冽的寒风里，没有依靠，从不寻找。一半扎根在土里，一半在风中飘摇。

有时，我会想，树会寂寞吗？它会不会想起曾经的绿荫绕城？会不会留恋曾经的繁花满枝？会不会想起，自己也曾芳华绝代？

偶尔，会有几只小小的麻雀，停留在枝头上，叽叽喳喳地叫着，像是在呼朋唤友，又像是唱着寒冬里听不懂的歌谣……

扑棱一下，一只鸟儿飞走了，紧接着，更多的鸟儿，呼扇着翅膀，飞走了。

树，又恢复了冬日里的宁静。

阳光，温柔地给大树披上一层金黄色的外衣，薄薄的一层，却足以御寒。

一棵树，在阳光下袒露出所有，没有了喧闹，没有了浮华，它依然不卑不亢，不急不躁，面容安详地接纳所有。

风来，它接纳。雨来，它接纳。

再多的浮光掠影，也难以撼动它。再多的岁月风霜，也难以侵蚀它。

它在深冬里，端坐着，如同一道寂静的禅境。

曾喜欢踏足春暖花开的小径，也喜欢勾勒夏日绿草如茵的清凉。而如今，走到深冬，才明白，季节深处，蕴藏着的，是一道静默的、幽深的枯瑟之境。

只有冬天，才能让人如此深刻地感受它。

枯树。枯叶。枯荷。枯，便是深冬的色彩，不够明媚，不够耀眼，却足以深沉，足以震撼。

枯，必是经历了生命的饱满。由绿意蓊郁，走向落寞萧索。看似残枯，落败，实则有了一种清瘦的风骨。

这一抹枯的气息，是寒风中的铮铮傲骨，是夕阳下的金碧辉煌，也是生命怒放到极致的谢幕，是光阴里无言的诉说……呈现着生命不屈不挠的本真。

枯，是一个"木"字和"古"字的组合。轻轻读起，便有一种淡淡的禅意。仿佛一棵大树，经历了春生夏长之后，在秋天开始慢慢凋零，直到深冬，褪去一身繁华，以一袭枯色，延续生命的饱满。

人人都害怕失去，总觉得失去是一种遗憾。可是，若无失，怎会有得？失去，亦是另一种得到。

树，在走向凋零的时候，生命也有了敛藏的厚度。

人的一生，也如同一棵树的四季。抚摸着那些枯了的枝和叶，多少前尘过往终成空。

空，是另一种饱满。正如诗人聂鲁达所说："当华美的叶片落尽，生命的脉络才历历可见。"

落光了叶子的树，在深冬里，站成了一道绝美的风景。

温茶看雪落,岁岁不知寒

岁暮将晚,雪落南山。日子漫漫,烟火寒寒。

雪,是冬的灵魂。没有雪的冬天,是不完美的。每年只要一入冬,最浪漫的事,便是期待一场缤纷的大雪。

雪,如约而至。像是一位赴约的佳人,着一身素白裙裳,迤逦而来。

想起诗人谢道韫把白雪比拟成春天飞扬的柳絮,"未若柳絮因风起",又轻又柔,漫天飞舞。

诗人岑参在边关看到一夜白雪,将千万枝条覆盖,写出了"忽如一夜春风来,千树万树梨花开"的诗句。

白居易也是热爱生活的人,当他看到天色已晚,马上就要下雪了,便执笔写下:"晚来天欲雪,能饮一杯无?"

冷冷的冬,白白的雪,暖暖的酒,邀约两三好友,围炉畅谈,人生没有比这更为惬意的事情了!

寒夜喝酒,暖意融融。若是以茶代酒,也别有一番趣味。诗人杜耒曾写诗:"寒夜客来茶当酒,竹炉汤沸火初红。"落雪听禅,围炉煮茶,一人一茶,便是当下。

每个人心中，都有自己的雪，如鹅毛、似白蝶、若棉花般，轻轻飘落。是诗意的蹁跹，是无悔的执着。

时光很静，静得只听到雪落下的声音。片片雪花，如清凉的月光，落在枯黄的叶子上，落在青翠的竹枝上，落在屋顶房檐，落在每一个夜归人的肩膀上……

一场雪，覆盖了所有的荒芜。雪花如撕碎的云朵，片片遗落人间。目光所及，已是一片白茫茫的世界。

顾不得寒冷，穿上厚厚的棉衣，戴上雪白的帽子和围巾，准备去茶馆，一边喝茶，一边赏雪。

冬日风雅，便是读书、喝茶、听雪、赏梅花。此时节，梅花还没开，那么，就约上三五好友，一起品茶，静赏一场琉璃雪吧。

想起之前喝茶，喜欢喝普洱，尤爱生普的清冽。入口微微的苦，淡淡的涩，回味却是甘醇绵长。

有了年份的老生茶，喝起来，更是百转千回。仿佛，时光的痕迹都融在了茶汤里。苦和涩，慢慢退去，取而代之的，是幽幽的陈香，是内敛的韵味，是醇厚的汤感。

如今，喝普洱茶也少了。并非不喜欢普洱了，只是没有太多的时间，也没有太多的闲情雅致来品味普洱了。

偶尔，想喝茶了，我便在保温壶里焖上一壶老白茶。白茶温和，焖泡也更方便一些，随时都可以倒出来喝。

望着窗外纷纷扬扬的雪花，我取出一泡老生茶，等水烧开，温杯洁具，投茶、润茶、洗茶、冲泡……每一个泡茶的过程，我都沉浸其中。

喜欢泡茶，喜欢的便是这个过程。回归内心，自在安宁。每一个品茶的瞬间，都是无与伦比的当下。在一杯茶汤里，阅己，悦己。

十五年的老茶，茶汤已是橙红色，泛着微微暖意。茶烟袅袅，香风习习，时光氤氲,醉了浮生。

白落梅说:"品茶,就是为了品一盏纯粹,一盏美好,一盏慈悲。我们就在茶的安静,茶的湿润里,从容不惊的老去。"

生活就像喝茶,一半烟火,一半清欢。人间烟火是意趣,诗意清欢是底色。

人生也像喝茶,一半拿起,一半放下。拿得起是承担,放得下是智慧。

冬日绵长,唯有一书一茶,还有漫天的飞雪,不可辜负。

清茶一盏,漫煮流年。纵使冬日清寒,也可以在一盏茶的清香里,温暖身心。在一片雪花的晶莹里,重拾浪漫。

听雪声,品茶香。万物冬藏,静待暖春。

一冬一岁晚,一念一安然。温茶看雪落,岁岁不知寒。

掬一捧暖阳,静待春暖花开

朔风起,寒意浓。

凛冽的寒风,像一位不羁的旅人,带着三分凌厉,七分霸道,穿越千山万水,给深冬带来独有的寒冷。

寒风所至,一片狼藉。头发被吹得左右飞舞,在风中凌乱不堪。

风,洗劫着梧桐的叶子。枯萎的梧桐叶,绿中带着黄,黄里露着橙,从枝头一片片凋零。远远望去,像一抹晚霞作别天空,悄悄说着告别的话。

偌大的树上,叶子越来越少,只留下残枝枯梗,在蓝天下舒展着光秃秃的枝干。

天空,是让人很舒服的蓝,干净而辽远。深深浅浅的蓝,混合在一起,让人心生愉悦。

有人说,这是"国民蓝"。这种蓝,有点淡淡的文艺,也有种天生的宁静感。就像亲切的邻家姑娘,穿着天蓝碎花裙,走在光阴的故事里。

不经意的一抬头,枯枝,残叶,淡蓝的天空,美得像一幅淡彩水墨画,寥寥几笔,勾勒出冬的悠远与深邃。

如果有太阳，就更好了。暖暖的阳光，给天地万物撒上一层金箔，金黄耀眼，明朗敞亮。光秃秃的树干，也有了御寒的外衣。

阳光，洒在火红的枫树上，枫叶随风舞动。像是晚风中的新娘，娇羞而妩媚。

金黄的银杏叶，闪着一树金光；浪漫的乌桕树，披着一身五彩衣；岸边的垂柳，拨动着阳光下的琴弦；波光粼粼的水面，偶尔有金鱼跃出水面，亲吻阳光。

喜欢冬日的暖阳。一年四季，没有哪个季节比冬天，更让人期待暖暖的阳光。

冬日的阳光，有迷蒙的暖意，有倾洒的柔情。它比春天的阳光更加温柔多情，比夏天的阳光更加平和安详，比秋天的阳光更加优雅从容。

暖阳如诗，亦如画，为清寒的冬日带来无尽的美好，让人心醉神迷。

走在暖阳下，把失落的心情拿出来晾晒，让悲伤的泪水在阳光下蒸发，让阴郁的花朵在阳光下绽放笑颜。

阳光下漫步，踩在梧桐叶铺成的褐黄色地毯上，脚下发出"吱呀吱呀"的声响，似一首即兴的钢琴曲，给沉闷的冬日，带来一丝生机。

慵懒地晒着太阳，心情也被染成了甜甜的橙橘色。伸出手，华光在握。瞬间，层层叠叠的暖意从指尖蔓延到心房。

冬日暖阳煦，幽幽入尘来。即使发了霉的阴暗角落，也重新充满阳光的味道。那些泛黄了的往事，也氤氲着阳光的香气。

一缕阳光，是寒冷的冬天里，燃烧着的希望。无论走到哪里，只要有阳光在，内心的温暖和期盼就在。

人生路上，总会遇到凄风冷雨。阴云也许会遮住阳光，人生也会有失意和痛苦。但不管经历怎样的不堪，只要晒晒太阳，心情就会重新明媚起来。

不要被一时的挫折打败，不要为一时的烦扰纠结。学会用平和的心态接纳生命中的遗憾，用淡然的心态对待生活中的不如意。漫漫人生，活得洒脱一点,自在一点。

把纷纷扰扰的生活揉碎,融入冬日的暖阳。让阳光洒落人间,洒在脸庞,洒在眉间心上。让生活多一些快乐,少一些悲伤。不要因为迷茫而错失阳光下的花香,拨开生活的迷雾,才能重现生命的美好。

知岁一寒,又是一冬,愿你淡看人生过往,不惧岁月沧桑。

时光静好,岁月温良,愿你眼里有星光,心中有希望。

既往不咎,来日方长,愿你掬一捧暖阳,静待春暖花开。

第二辑

温柔半两，从容一生

  命运为我们安排的时区里，一切发生，都是最好的安排。一切遇见，都是恰逢其时。

  慢慢来，所有的好运都在来的路上。

怀温柔半两，许从容一生

喜欢这样一句话："温柔，就是吞了一万朵云，把月光温了下酒。"

温柔，是云朵的柔软，是月光的温凉，也是美酒的香醇。

生活，一半是温柔如花，一半是明媚无暇。

人生，一半是积极进取，一半是从容放下。

一笺烟雨，半帘幽梦，于时光深处，静守花开，淡看花谢。不慌张，不冗长，怀一份静谧，温柔且从容。

一

心怀温柔，世事皆可明媚。

越来越喜欢温柔的事物。如夕阳的余晖，柔柔的，淡淡的，也暖暖的。它不似中午的阳光那么强烈，只是温柔地抚摸着山川草木。

橙黄色的光芒，仿佛给世间万物都披上了一层薄纱。免去惊扰，免去惶恐，免去颠沛流离。

季节的转角处，淡看尘嚣，浅度流年。

繁华过处，总有一些风景会落幕。时光散场，总有人会离散。

总有一些人，只是过客。总有一些事，只是回忆。总有一些情，困于执念。

一路走来，花谢了又开，月圆了又缺。人生本无常，心安才有归处。

成长，让人变得越来越温柔。慢慢开始理解这个世界，也开始接纳所有的不完美。忠于自己的本心，按照自己的节奏，慢慢向前走。

学会取舍，放下不该执着的，选择需要坚守的。内心温厚，善良，且明媚。

有人说："如果你越来越冷漠，你以为你成长了，但其实没有。长大应该是变温柔，对全世界都温柔。而成熟，是对很多事物都能放下，都能慈悲，愿以善眼望世界"。

愿你心怀温柔，也被时光温柔以待。

二

从容，是一种淡定的人生态度。

因为明白人生无常，所以更加珍惜现在，活在当下。

人生路上，不急躁，不慌乱，修炼一份月白风清的淡然，和一份人淡如菊的从容。

若是累了，就歇一歇，随清风起舞。若是倦了，就缓一缓，与花草凝眸，对自己微笑。

当我们停下来，认真观察生活的时候，生活才会有无尽的美意。那些冗杂与琐碎，也在岁月的沉淀里，融成轻柔的河，缓慢而悠然地流淌。

从容，也是内心的一种慈悲。

没有谁的人生，可以一帆风顺。但总有一种态度，可以从容一生。

化悲伤为力量，化关怀为力量。对这个世界宽容，也对自己宽容。哪怕被厄运蹂躏，也要活得潇洒坦荡。

不慌不忙地坚强,优雅且从容。

不管生活有多少急流暗礁,也要有随时抽身的能力。于内心,修篱种菊,怡养生命的高贵。

三

作家林清玄说:

> 人活着,应该有几分温柔,遇事不慌,慢条斯理地安排好自己的生活,一生一世,不求过得多好,但求自己问心无愧。温柔半两,从容一生。

温柔,是一种柔软的心态。对自己温柔,也对这个世界慈悲以待。

从容,是一种豁达的人生态度。遇事不慌不乱,坦然淡定,从从容容过一生。

我能想到人生最美好的样子,就是心怀赤诚,既有深入骨子里的温柔,也有面对疾风冷雨的铠甲。既有全力以赴追逐的梦想,也有淡定从容的心态。

有句话说:"人生的真正意义,在于淡定从容地过这一生。"

你若用心,烟火的日子也可盛满诗意。你若热爱,漫长的岁月也可静水流深。

时光知味,岁月沉香。怀温柔半两,许从容一生。

旗袍,一半光阴绣花,一半绝代风华

如果说,光阴是一部动人的诗集。那么,旗袍便是其中的一首旧词新韵,清丽婉约。

旗袍,裹着诗词的雅韵,摇曳着淡淡的风情,从历史的云烟深处,轻移莲步,迤逦而来。

一

穿旗袍的女子,不必倾城,却别有一番韵味。高高的立领,古典的盘扣,恰到好处的收腰,长短适宜的开衩。

再搭配一双小跟鞋,走起路来,摇曳生姿,暗香流泻。

蛾眉淡扫,略施粉黛,旗袍裹身,东方女子的安静与典雅,宛如一幅水墨画,徐徐铺展开来。

那是从画里走出来的女子,带着一丝妩媚,一点端庄,一份娴雅,撑一把油纸伞,走在古城的小巷。

长满青苔的石板路上,还有被岁月打磨过的痕迹。她轻轻地走过,不是归人，只是过客。

走出一帘烟雨，走过一段锦瑟的年华。安安静静地坐在一个不起眼的角落里，不言不语，低眉温婉。

泡一盏清茶。当茶的清香，与旗袍的古典，撞在一起，便有了别样的韵致。

读一卷闲书。当书的墨香，与旗袍的底蕴，交织在一起，便有了迷人的味道。

若是累了，就站起来，倚在窗前。什么都不必说，什么都不用做。静静地，听一曲云水禅心，望窗外云卷云舒。

任世事沧桑变幻，她只是静默地如一朵莲。守着自己的一方池塘，等风来，等雨来，默默地开花，默默地凋零……

二

清雅如莲。亦如身上那一袭素色的旗袍。收敛了芳华，抖落一身尘埃，自顾自地绽放。遗世而独立，寂寞且清欢。

这份孤独，若是与旗袍连在一起，便多了一丝魅惑的气息。

这样的气息，是安静的。不张扬，自有声。看似孤独，却是一种优雅的独行。

喜欢旗袍的人，内心大多是孤独的。

民国才女张爱玲喜欢旗袍，也喜欢自己设计旗袍。她的才华，与她的旗袍，相得益彰。

身穿旗袍的张爱玲，是孤傲的，冷艳中带着妖娆，孤独中透露着清醒。她是那个时代的临水照花人，独自美丽，独自优雅，独自彷徨。

在张爱玲的文字里，无论是《色戒》中的王佳芝，还是《倾城之恋》中的白流苏，抑或是《半生缘》里的曼桢与曼璐。她们，都是喜欢旗袍的女子。

或大气、或温柔、或知性、或妖娆，她们都将旗袍穿出了独一无二的美丽。

旗袍女子,宛如一幅百看不厌的画,寥寥几笔勾勒出完美的曲线,温婉含蓄,楚楚动人。似春日桃花,灼灼其华;似夏日清莲,清雅孤绝;似秋日落叶,怡然静美;似冬日红梅,凌霜傲雪。

有时候,很难说得清,究竟是女子成就了旗袍,还是旗袍装点了女子优雅的梦境?

三

无论怎样的女子,只要穿上了旗袍,就有了千般风情,万般优雅。

那是一抹或浓或淡,或深或浅的女人味。

温柔的女子穿上它,是端庄与柔情;纯真的女子穿上它,是简单与婉约。

泼辣的女子穿上它,是热烈与妖娆;知性的女子穿上它,是优雅与从容。

举头投足,都是一道绝美的风景。像是诗词里走出来的一曲小令,古朴端然。又像是洒落松间的一抹月色,清朗洁净。

你不必走近,只远远看着,便已沉沦。刹那间,仿佛脚下如一颗莲子,生了根,发了芽,开了花,心生柔软,自在欢喜。

时光,也似乎静止了一般。光阴的脉络里,绣满了芳华。

那是一袭旗袍,宛若一枝古典的花,开放在时光深处,绽放着绝代风华。

枯荷，深秋的一道风骨

喜欢荷，如同喜欢一个人。

喜欢她清丽的容颜，清水出芙蓉的清雅。也喜欢她深秋之时，落尽一身繁华，枯萎了的容颜。

如叶芝在诗里所写：

> 多少人爱过你昙花一现的身影，
> 爱过你的美貌，以虚伪或真情，
> 独一人曾爱你那朝圣者的心，
> 爱你哀戚的脸上岁月的留痕。

一

秋日的荷，是孤独的。

人们在秋日里会去轻嗅桂花的香甜，会去赞美菊花的凌霜傲骨，也会走出去欣赏层林尽染的枫叶红遍，还有那"蒹葭苍苍，白露为霜"的芦苇，也是秋色里动人的风景线。

唯有荷,在岁月的跌宕起伏里,褪去了一身姿色,卸下粉红的花瓣,洗掉苍翠的容颜,平添一抹枯色,那是时光刻画的皱纹,深深将她雕琢。

如美人迟暮,风华不再。而她,依然优雅地挺立着。

秋日残荷,没有艳丽的色彩,没有蓬勃的生机。清雅随秋风逝去,莲叶于秋雨中枯萎。一枝一叶,都染着苍凉。

想起川端康成的这句:"悲与美是相通的。"盛夏给了荷清丽的容颜,深秋凋落了所有的繁芜。

深秋的荷,以一身枯色,凌然独立。诉说着半生经历,挺拔着一身风骨。

二

如今,已是深秋,西风漫卷,落叶随风。

风中的荷花,早已凋谢,那清雅的粉,脱俗的白,接天莲叶的绿,已经遗落在清秋的素净里。

留下的,只是残枝枯梗。硕大的荷叶,绿色正在慢慢褪去,取而代之的,是苍老的褐色。莲蓬,也被秋风染成了深深的褐色。

那是一种我之前并不喜欢的颜色。看起来,总觉得毫无生机。但此刻的它,却显得如此朴素,如此静美,有一种穿透人心的力量。

褐,是枯的颜色。一身枯色,无声地诉说着戎马半生。枯,必是经历了生命的蓬勃与饱满,历经了岁月的繁华与沧桑。

曾经的芳华,渐渐远去。一季繁华,在清冷的深秋,枯萎了,落寞了,残败了。即便如此,它的梗,它的枝,它的叶,或卧或立,或折或碎,铺满整个荷塘,有一种别样的美丽。

那枝枝枯荷,似是唐诗宋词遗落的韵脚,散落在岁月的纸鸢,安安静静地,独立着,隐忍着,恍惚间忘却了前尘往事,也忘了今夕何夕。

那枯萎的莲蓬,像是饱经风霜的古瓷。没有亮眼的光泽,没有明艳的色彩,只有沉静如水的安然。它凌凌然独立寒秋,站成一抹傲然的风骨。

小小的莲子,褪去一身青绿,披上一身朴实无华的僧衣。它们,仿佛是潜心修道的僧者,安于莲蓬一隅,不问沧桑,与世隔绝。

三

深秋向晚,我痴痴地凝望着那一池枯荷。抖落一身霜华,素素然沉默着。

远远望去,片片枯荷,呈现出深深浅浅的褐色,却比翠绿更加深沉,比红粉更加内敛。如一张张老旧的书页,散落在水面上。

枯荷,是深秋的一道风骨。盛时,"接天莲叶无穷碧,映日荷花别样红。"残时,"秋阴不散霜飞晚,留得枯荷听雨声。"

多少人因为这句"枯荷听雨"爱上了枯荷。一个"枯"字,苍凉。残缺。凄美。看似寥落,却有了铮铮的傲骨。

一个"听"字,便是枯荷的生命力。那是灵魂深处的高贵,是独立寒秋的气韵。雨落枯荷,是深秋里的一卷风华,让人不由驻足,直至沉迷。

荣即是枯,枯即是荣。枯木逢春,是一棵树的天荒地老。枯荷听雨,是一枝荷的南屏晚钟。

枯荷,是一种优雅之态。残而不败,枯而不衰,疏影横斜,素默静谧。清冷的风骨,残缺的意韵,是一种无法言说的枯寂之美。读懂它的美,便会爱上它的风骨,它的灵魂。

枯荷,亦是一种人生之境。历经世事繁华,回归生命本源,向素向美,返璞归真。

人生风风雨雨,命运起起落落。到最后,终是要从繁杂走向简单,从喧嚣退到宁静。

萧萧秋风中,残荷仍独立。褪去一身浮华,且与岁月共从容。

穿越千年流光,重拾诗意浪漫

孔子曾言,"不学诗,无以言"。《诗经》在过去,是古人交流的语言密码。不读《诗经》,就无法与人交流。

《诗经》在当时的社会,是当做典故来引用的。想要表达什么,就用典故含蓄地替代。

《诗经》是中国最早的一部诗集,也是中国文学的源头。它的美,清新淡雅,浑然天成,两千多年过去了,它依然是我们的精神滋养。

中国人最诗意的浪漫,都在《诗经》里一一展现。那里,有暮色苍茫,有山水田园,也有精神的原乡。那里,有念念不忘的相遇,有痛彻心扉的别离,也有花好月圆的美满。

"蒹葭苍苍,白露为霜。所谓伊人,在水一方。"我有所念人,隔在远远方。我有所感事,结在深深肠。

心有佳人,在水一方。溯游从之,宛在水中央。大概,所有的美好,都是如此可望而不可即。

诗经里最美的遇见,是"桃之夭夭,灼灼其华。之子于归,宜其室家。"

桃花烂漫，在最美好的年华，遇见你。一堂缔约，良缘永结。

电影《怦然心动》里有段话说："有些人浅薄，有些人金玉其外而败絮其中。但有一天，你会遇到一个如彩虹般绚丽的人，当你遇到这个人后，会觉得其他人只是浮云而已。"斯人若彩虹，遇上方知有。

诗经里的情感，是自由的，含蓄的。"关关雎鸠，在河之洲。窈窕淑女，君子好逑。"惊鸿一瞥，莫失莫忘。

纵然是一处相思，两地闲愁，仍然庆幸，这孤独的旅途中，有思念可以慰藉。

"青青子衿，悠悠我心。纵我不往，子宁不嗣音？挑兮达兮，在城阙兮。一日不见，如三月兮。"

相隔越远，思念越深。时间越久，思念越切。我体会过最甜蜜的苦楚，便是相思之苦。一日不见，如隔三秋。

"知我者，谓我心忧；不知我者，谓我何求。悠悠苍天，此何人哉？"这苍茫的世间，遇见爱，并不稀奇。难得的是，遇到懂你的人。知你心忧，懂你悲欢。

懂你的小心翼翼，懂你的沉默不语。懂你的深情爱恋，懂你的欲言又止。懂，是最高级的浪漫。

"风雨如晦，鸡鸣不已。既见君子，云胡不喜。"有一种美好的遇见，是久别重逢。有你在，我便心安。哪怕风雨飘摇，亦是难掩心里的欢喜。

"弋言加之，与子宜之。宜言饮酒，与子偕老。琴瑟在御，莫不静好。"看尽世间繁华，只愿与一人，执手相看，细水长流。

年岁越长，越喜欢平平淡淡的陪伴和守候。不需要海枯石烂的誓言，不需要山盟海誓的约定，只要你在我身边，便是春暖花开，岁月静好。

"死生契阔，与子成说。执子之手，与子偕老。"生生死死，悲欢离合。无论是友情，还是爱情，我们都要一直在一起，直到天地洪荒，容颜迟暮。

"七月流火，九月授衣。"夏去秋来，天气转凉。时间走过季节，生活路过岁月，诗意遇见浪漫。

《诗经》里的美，如春雨般润物细无声，滋养了千年。

如今，我们依然可以在一本书里，一部《诗经》里，去感受那一抹如月色般清凉的诗情。

每个人，都该读一遍《诗经》，读懂《诗经》之美，读懂中国人骨子里的唯美诗意。

初春的午后，泡上一盏清茶，读一卷《诗经》。山水写意，风雅连绵，古韵文雅的画儿，搭配古典的诗，穿越千年流光，重拾诗意浪漫。

诗，不在远方，只在心间。

愿你心中有光，灵魂有香

人间三月，春光烂漫。心有繁花，芳菲尽染。遇见女神节，邂逅最美的自己。

女神节，是属于所有女人的节日。每一个节日，都不是礼物而诞生，它只是为了提醒我们：不要忘记爱与被爱，勇敢活出自己的人生。

女人，是柔情的水，用水一样的柔情，书写命运的波澜；女人，是清辉的月，用明月的皎洁，照亮寂寂黑夜；女人，是缠绵的风，在如云变幻的流年里，淡泊着人世间的沧桑。

女人，一半是脆弱，一半是坚强。脆弱时，不堪一击，只有眼泪默默陪伴自己；坚强时，又如磐石般不可移。

女人，一半是柔情，一半是洒脱。温柔的女人，如三月的风，如清晨的雾，一颦一笑尽显柔情。洒脱的女人，不纠结，不内耗，不盲从，永远忠于自己的内心，活出最美的自己。

女人之美，不在于青春靓丽的容颜，也不在于用金钱堆砌出来的高贵。美，更多的是一种内在雕琢出来的气质。如一块精心打磨出来的璞玉，温润而清雅。

这一世,生为女子,是缘分,也是馈赠。无论何时,请记得好好爱自己。做一个优雅的、自信的、从容的女人。

优雅,是女性独有的美。优雅的女人,就像一盏清幽的茶,袅袅茶香,淡淡茶韵,香而不冽,宁而醇绝。

即使没有倾国倾城的美貌,没有与生俱来的高雅,没有优越的财富和地位,也可以修养自己的身心,做一个优雅的女人。

任何时候,都不必矫揉造作,不必哗众取宠,坦坦荡荡做自己。无需伪装,无需讨好,有自己的尊严和底线,也有自己的美好和骄傲。

腹有诗书气自华,一卷诗书伴流年。安静的角落里,用读书来丰盈自己,用知性的优雅,抵挡岁月的荒芜。

自信的女人,是一道光,温暖着自己,也照亮了别人。自信,是一个女人最美的底色。

无论多么美丽的女人,如果少了自信做支撑,耀眼的光彩也会不知不觉中减掉几分。

自信,并不是永远活跃于人群,沉溺于鲜花和掌声。也不是过度地粉饰和包装自己。珠光宝气,追名逐利,都掺杂了太多的欲望。

真正的自信,是低调的、内敛的。清楚地知道,自己是什么样的人,追求什么样的生活?不盲从,不随波逐流,有自己的坚守,也有自己的信仰。

身处顺境,不骄傲自满,身处低谷,不妄自菲薄。任何时候,都相信自己的价值,相信努力的意义。

唯有自信,别人才能尊重你。唯有自信,才能真正活出自己精彩的人生。

从容的女人,如诗如画。这是历经沧桑,岁月赠送的礼物。

不必因于身份和年龄,既是母亲,是妻子,是女儿,更是你自己。不必取悦别人,好好做自己,好好爱自己。

不必活在别人的眼光里,只要你愿意,你可以是玫瑰、是茉莉、是小雏菊,是万千花朵中自己最喜欢的一朵。

拥一怀淡雅的心境,任凭外界风起云涌,你自闲庭漫步,云淡风轻。即使岁月蹉跎,也能沉淀出灵魂深处的美,如空谷幽兰,朴素中自有高洁。

又是一年女神节,愿你做一个优雅、自信而从容的女子;愿你心中有光,灵魂有香;愿你知足且上进,温柔又善良;愿你活出最美的自己,闪闪发光!

每一位女神,愿你勇敢做自己,一路繁花似锦;愿你有披星戴月的勇气,也有安享宁静的淡然;愿你一生久安,岁月无恙。

慢，是一个人的地老天荒

一

越来越喜欢慢生活。

慢慢地读一本书，把一本书读到无字。慢慢地泡一盏茶，把一盏茶喝到无味。慢慢地等一朵花来，静静地感受世间的万千美好。

慢，是一种自在洒然的态度，如春风拂面，不疾不徐，内心也仿佛被吹开了芊芊红萼。

春天的花，千娇百媚，万紫千红。我知，每一朵花，都有自己的花期。它们，从不羡慕谁，也不嫉妒谁。只在自己的花期，静悄悄绽放，释放一个季节的馨香。

一个"慢"字，是一颗心慢悠悠地行走在花香满径的小路上。微风轻拂，内心安然，且曼妙。

这个时代，有太多的人，忙忙碌碌追求高效率快节奏的生活。而我，唯独喜欢慢下来的时光。

慢下来，自己与自己，可以好好相处。褪去一身的浮华，洗掉半生的沧桑，只在一茶一书里，回归自我。

不必在意别人的眼光，不必沾染世俗的尘埃，更不必委屈自己融入不适合的环境。

莫言曾说："一个人，风尘仆仆地活在这个世界上，要为喜欢自己的人而活着。这才是最好的态度。不要在不喜欢你的人那里丢掉了快乐，然后又在喜欢自己的人这里，忘记了快乐。"

独处，亦清欢。一个人慢慢地向前走，一个人静静地省思，与兵荒马乱的人生，握手言和。

二

慢，是一种朴素的守拙。安安静静做自己，不慌不忙地成长。

如同等待一颗种子，慢慢地生根、发芽、开花……不必着急，不必慌张，也不必揠苗助长。只管去耕耘，默默去浇灌。给时间以时间，让一切顺其自然。

慢慢地，活在当下。与其患得患失，不如敞开心扉，拥抱当下的时光。不用遗憾从前，不用担心未来。让过去成为过去，让未来自然而来，让当下充满力量。

每一个当下，都是一份珍贵的礼物。我们心怀感恩，小心翼翼地开启。好好珍惜当下的时刻，就像珍惜生命中最重要的礼物。

让时光，慢一点，再慢一点。让阳光，暖一点，再暖一点。喝茶读书，不争朝夕。只闻花香，不谈悲喜。

人闲心亦静，自在且从容。闲，并不是无所事事，而是删减掉不必要的交际，精简自己的圈子，只把时间用在自己热爱的事情上，让自己的人生更有价值和意义。

生活节奏慢下来，不再忙碌地去追赶，不再任性地去攀比。慢下来，才能认清自己，找到自己，才能拥有自己。

慢慢来，心灵就不会有太多负累。看淡得失，从容以对，一切都是最好的安排。

命运的跌宕起伏中，总会有一缕春风，为你而来。总会有一树繁花，为你而开。

三

慢，是一个人的地老天荒。

人生就是一场修行。慢行，才能认清自己，修得身与心的平衡，坚守初心，回归本真。

人生旅途中，慢是一种提醒，告诉我们有些事情急不得，慢慢来，也是人生修行路上的一种考验。

有慢下来的能力，才有独自修行的定力。

慢，是一种境界。闭门即是深山，读书随处净土。把一颗心，从喧嚣的尘世里抽离出来，跳出名利的桎梏，慢慢地，找回自己的生活。

慢慢来，不着急改变，也不急于求成。慢慢来，让灵魂跟上身体，让心灵跟上脚步。慢慢来，用匠人的情怀，好好打磨自己的人生，欣赏沿途的美景，享受属于自己的生活。

《菜根谭》里有句话："岁月本长，而忙者自促；天地本宽，而鄙者自隘；风花雪月本闲，而扰攘者自冗。"

你若安好，岁月无忧。任凭尘世疾风骤雨，内心依旧波澜不惊。

做个如春天一样温暖的人，有自己的追求，也有自己的热爱，有自己的信仰，也有自己的底线。宠辱不惊，淡定从容。

漫漫春光，花色倾城。微风不燥，满目青绿。心怀一份赤诚，简简单单地生活。

趁阳光正好，趁时光未老，去做自己喜欢的事，爱值得爱的人。

相信一切美好，都在来的路上。即使慢一点，也无妨。

一方小院静幽处,半卷诗书一盏茶

我想有一个院子,不需要太大,只要能装得下四季流年和人间清欢。

院子里种上我喜欢的花花草草。春天,种桃种李种春风。当第一缕春风拂过我的小院,院里的桃花和李花,便次第开放。

粉色的桃花,娇艳欲滴,随着春风挥袖善舞,一舞便撕开了春天的帷幕。

白色的李花,一朵挨着一朵,纯洁无瑕,如雪似玉。风起花落,一晃到白头。

春深时节,桃李落尽,也不必担心。院外的西府海棠开得正好。浅浅淡淡的一抹红,恍若心口的朱砂痣,纵然已隔经年,依旧红得惹人眼。

春天呀,似乎什么都不用做,只要走进小院,就能看到吐蕊的花儿,冒出嫩芽的草儿。花红草绿,心情也跟着春天明媚起来。

不管外面的世界多么纷纷扰扰,小院都可以把尘世的喧嚣阻隔开来。回到自己的"世外桃源",关门即是一方净土。

自己与自己,可以好好地相处。放下所有的戒备,褪去所有的浮华,只在小院一隅,安放自己的内心。

到了夏天，院子里郁郁葱葱。目光所及，皆是一派绿意盎然的生机。

院子门口的石榴花，开得如火如荼。像是耀眼的灯笼，为我照亮回家的路。

院子外边的篱笆墙上，爬满了粉的、白的、红的蔷薇花。

当好友来访，若是我不在，便可以在花下乘凉。也可以给蔷薇拍拍照，合个影。枝上花，花下人。人在花下，花在心中。

到了傍晚，我们便一起看日落，看晚霞。当夕阳渐渐西沉，倦鸟开始归巢，晚风吹来丝丝清爽。晚霞像是打翻了大自然的调色盘，把天空染成了绚烂的红、温暖的橙、干净的蓝……

夜晚来临，所有的颜色都被黑色碾压，绚烂的天空归于平静。

坐在院子里，拿一把蒲扇，在手里摇啊摇，摇出了往日里的旧时光。

天边的星星眨着眼睛，不说话。树上的知了依然叫个不停。不知不觉，睡着了。梦里花落，知多少？

秋天的小院，也别有一番韵味。风里渐渐有了凉意，银杏叶慢慢变黄，直至凋零。凌霄花也敛去了芳华，与我一一告别。

不必惆怅，更不必落寞。继续往前走，秋风已经叫醒了沉睡一季的桂花。

浅浅的黄色，隐在绿叶丛中，并不起眼。可是，当你从它旁边路过的时候，那一袭又一袭的幽香，足以绊住你的脚步。

"人闲桂花落，夜静春山空"，秋天的夜，是安静的，静得只听得到桂花落下的声音。

秋风起，桂花香，空气里，弥漫着丝丝缕缕的甜香，这样的香气，让人舒服，让人心安。

秋有黄叶随风落，也有诗意留在心间。跟随季节的脚步，静赏花开花落，闲观云卷云舒。

到了冬天，院子似乎萧条了很多。窗外寒风凛冽，我和家人静静地坐在屋内泡上一盏茶，等一场大雪纷飞，把小院染成素净的白。

我喜欢院子里铺天盖地的白,这份白,是天地间无言的大美,仿佛把一切红尘的纷扰与恩怨,都埋没于素白之下。心境,也多了一份宁静与豁达。

一边听雪,一边赏梅。红梅映雪,白雪绕枝。梅花树下,细数流年。

一方小院,静谧悠然,陪我度过一季又一季的流年。纵然时光流逝,我也无所畏惧。任何时候,小院都是我的港湾,我的"桃花源"。

院子里,还要再养一只小狗,最好是边牧,黑白相间的颜色,温柔聪明的性格。若是忙了,它就自己在院子里玩儿。若是清闲,我就带着它散步溜达。

等日暮黄昏,我便收起一天的疲惫,坐在院子里的藤椅上,读一本书,泡一盏茶,或者听一首老歌,任时光冉冉流淌。

一方小院静幽处,半卷诗书一盏茶。

世事匆匆,而我守着一方小院的质朴与清雅,陪岁月安然老去。

半得半失半圆满，半醒半释半浮生

季节的脚步，推着我们不断向前走。不知不觉间，已是深冬。寒冬腊月，岁暮天寒，再往前走，便是温风和煦的春了。

冬，已剩下为数不多的最后时光。深冬的清寒中，蜡梅花悄然绽开，蜡黄色的花儿，如一束温柔而不刺眼的光，温暖地抚慰着每一位路过的行人。

红尘陌上，四季更迭。那些冷暖交织的风景，陪伴我们走过人生的一程又一程。且听风吟，静待花开。

生活，一半烟火，一半诗意

柴米油盐，是凡尘俗世的烟火气。一粥一饭，皆是生活的美意。

读书写作，是精神世界的诗意。在书香浸染中，开阔自己的视野，丰盈自己的灵魂。一半烟火以谋生，一半诗意以从容。

寻常日子，慢慢得过，无需热烈，无需滚烫，淡淡的就好。即使淡如一缕茶香，后味依然是醇厚的、绵长的，回味无穷。

与时光温柔相待，与岁月各自相安。不疾不徐，不慌不忙，接受命运的一切给予，感恩所有的遇见。好好生活，好好去爱。

"于无声处听惊雷，于无色处见繁花。"平凡的生活中，也可以用心发现细微的美好。看日暮苍山，听海浪翻滚，赏花开花落，观云卷云舒。

四方食事，一碗人间烟火。走过万水千山，领略四季风景，才明白淡然幽居，从容生活，也是人生的乐趣。

光阴寂寂，心静如水，低眉浅笑，暗香盈心。寻常的生活中，依着时光里的暖，岁月里的香，铺陈出层层叠叠的神韵。

人生，一半得到，一半失去

有时候，我们得到的，只是片刻的美满。而那些失去的，却是真正不属于我们的东西。

有些人，在你生命的旅途中，来了，走了。有些情，在你频频的回首中，淡了，远了。有些缘，在不经意的蹉跎中，聚了，散了。

一路走来，有得，亦有失。若无失，怎会有得？半得半失，有所遗憾，才是人生的常态。

人生，没有什么东西是自己一定要得到的，无需执着，无需强求。

莫言在《檀香刑》中说："世界上的事情，最忌讳的就是个十全十美，你看那天上的月亮，一旦圆满了，马上就要亏厌；树上的果子，一旦熟透了，马上就要坠落。凡事总要稍留欠缺，才能持恒。"

生活，没有完美无缺。人生，没有绝对的圆满。有些事，无论你如何努力，结果总会有缺憾的。正是这些遗憾，才让我们学会了接纳，学会了珍惜。

生命，一半清醒，一半释然

漫长的一生，如果活得太过清醒，生命就少了很多乐趣。更多的时候，我们要学会释然，释怀一切，悦纳一切。如此，才能坦然前行。

"人有悲欢离合，月有阴晴圆缺。"人生无常，我们需要淡然面对。承受得住突如其来的变故，也耐得住寂寞和孤独。

纵然世间繁华三千，但真正属于自己的，唯有内心的一份简静。

我们都是红尘里的过客，悲欢离合，聚散冷暖，不过是时光里流动的风景。所有的繁华终将谢幕，所有的落寞都将云淡风轻。

苏东坡曾有诗云："人生到处知何似，应似飞鸿踏雪泥。"命运的雪，落在每个人的身上，有些随着风飘散了；有些入了尘消融了；还有些随着春暖花开，便释然了。

人生须臾，不过尔尔。走得太急，会错失沿途美丽的风景。在忙碌中，留出一些时间，感受生活，品味人生。慢品人间烟火，浅度似水流年。

半得半失半圆满，半醒半释半浮生。

三餐四季烟火暖，光阴岁月皆安然。

如此，安好！

慢慢来，一切都是最好的安排

越来越喜欢慢下来的时光。

慢下来，与自己好好相处，聆听内心的声音；慢下来，与生活握手言和，向美而生，优雅且从容；慢慢来，用自己的方式，活出绚烂的人生。

允许自己慢慢来，人生才能活得自在。

慢下来，感受生活的美意

毕淑敏在《星光下的灵魂》一书中说过这样一句话："凡是自然的东西，都是缓慢的。太阳一点点升起，一点点落下；花一朵朵开，一瓣瓣落下；稻谷成熟，都慢得很啊。"

欲速则不达，慢慢来，是一种态度，也是对时间的敬畏。树木不会在冬天发芽，春天的原野看不到白色的霜花。

慢慢地等花开，看雨落，观云卷云舒，听潮起潮落。用一颗宁静的心，感受自然之美。用缓慢而有恒的姿态，顺应自然。

在这个追求速度和效率的时代，有时候，我们需要慢下来，等一等自己的灵魂,给自己一个喘息的机会。

慢下来,在步履匆忙中,多一份安静和悠然。春来赏花,闲来煮茶,阳光下打盹,月光下读书,细雨中漫步。

匆匆岁月里,用一颗曼妙的心,感受生活无处不在的美意。与人间烟火共生,与诗意浪漫相拥。

走得太快,会错过沿途的美景。走得太急,会忘记当初为什么而出发。

人生路上,且走且停,且看花开,且听风吟。

慢下来,从容做自己

人生最好的状态,不是行色匆匆,而是自在从容做自己。

曾经读到过这样一个故事:

> 故事的主人翁是三位小和尚:本、静和安。老师父给了三位小和尚每人一颗珍贵的千年莲花种子,他们各自悉心地栽培。
>
> 本想要第一个种出来,便着急地把种子埋在雪地里,可是等了很久,他的种子也没有发芽。最终他愤怒地刨开了土地,摔断了锄头,不再种植。
>
> 静认真地翻阅书籍,研究种植方法,他把金花盆放在最温暖的房间里,又用了最名贵的药水和花土,小心地种下了种子。
>
> 当种子发芽时,他欣喜若狂,又给小幼苗盖上了金盖子。然而,缺少了阳光和氧气,小幼苗没几天就枯萎了。
>
> 而安呢,他在得到种子后,一如往常地吃饭、干活、散步,一直等到了春天,才在池塘的一角种下种子。不久,种子发芽了。

盛夏的清晨,在温暖的阳光下,古老的千年莲花轻轻地盛开了。

没有一朵花,一开始就是花。也没有一朵花,一直都是花。从种子的萌芽到开花结果,都需要一个过程。

不必因为别人而打乱自己的节奏，也不必急功近利追求一个结果。世间所有好事的发生，都是慢慢来的。

慢下来，从容做自己。不羡慕、不焦虑、不攀比、不彷徨，安安静静专注于自己的事。

请多一些耐心，给自己时间去成长，按照自己的节奏，成为自己想成为的人。

慢慢来，一切都是最好的安排

泰戈尔说："最好的事情总在不经意的时候出现，所以不必慌张赶路，按自己的节奏，步履不停地走过每个今天。"

不必着急，不必慌张，不必因为仰望别人而乱了自己的节奏。

人生如同一场没有终点的马拉松，有的人刚起步，有的人已经跑了半程，有的人止步于眼前的风光，有的人后来者居上。

每个人都有自己的发展时区，就像每一朵花都有自己的花期。一朵花从不嫉妒另一朵花，因为它们都在阳光下等待自己的花期，在属于自己的季节里盛大绽放。

一步一步来，在正确的方向上，持之以恒地努力。驰而不息，慢而有恒，用日积月累的坚持，赢得厚积薄发的一鸣惊人。

弘一法师曾说过："越是着急要结果越会一无所获，殊不知老天安排的，比你自己选的更好，更周到。冥冥之中自有天意，一切都是最好的安排。"

命运为我们安排的时区里，一切发生，都是最好的安排。一切遇见，都是恰逢其时。

慢慢来，所有的好运都在来的路上。

一茶一书一花，人静物简心安

岁月匆匆，人生漫漫。四季更迭，万物轮换。

走过春夏秋冬，走过人生的风风雨雨。曾马不停蹄地追光逐梦，也曾仰望别人的精彩。曾春风得意，志得意满，也曾跌落云泥，泥泞不堪。

慢慢明白，看似浮华的生活，不过是镜月水花。物质与名利，皆是身外之物。

人的一生，所求并不多。过于追求外在的喧嚣与繁华，只会增加心灵的负累。

这短短的一生，我们终将失去。不如活得洒脱一点，人生最好的状态便是：人静、物简、心安。

人静，则智慧生

世事繁杂，有人追名逐利，也有人抱朴守拙，有人沉迷于繁华喧嚣，也有人喜欢简单安静。

每个人都有自己的人生，或悲或喜都是自己的选择。而我，越来越喜欢安静。在安静中,才能感受精神的自由,体会生命的辽阔。

一个人,安安静静地守在自己的一方天地,任花开花落,风起云涌,依然保持内心的安宁。

冬日的午后,倚着一窗阳光,为自己泡上一盏茶,或读一本自己喜欢的书。在时光里静坐,偷得浮生半日闲,忘却世俗的纷纷扰扰,静享生命的丰饶。

安静,仿佛是一曲梵音,涤去内心的嘈杂。又如指尖的一缕茶香,愉悦身心,物我两忘。

老子在《道德经》里曾说:"静生定,定生慧,慧自从容"。

繁杂扰心,安静修心。在繁忙中,人心很容易被扰乱。若是心浮气躁,做事只会越做越乱。有静下心来,才能从容不迫,专注做好眼前的事情。

心静则清,心清则明。心静之人,更能看清事物的本质,内心波澜不惊,不为杂事烦恼,不为琐事忧愁。

安静,是不动声色的美丽,是生命的皈依。当繁华落尽,人生之境才能如月色一般辉彻古今。

物质极简,精神丰盈

梭罗在《瓦尔登湖》中写道:

> 我愿意深深地扎入生活,吮尽生活的骨髓,过得扎实,简单,把一切不属于生活的内容剔除得干净利落,用最基本的形式,简单,简单,再简单。

一个人,生活越简单,对物质的依赖就越少,灵魂就越丰盈。

过多的欲望,只会让人心生负累。当一个人对物质的欲望降低,内在的精神价值才能凸显出来。

人生的很多痛苦,来自于攀比。不必因为攀比而受困于物质,也不必因为虚荣而用物质填补自己的内心。

给自己的生活做一次断舍离，把自己从物欲中解脱出来。给自己的人生做减法，清理无用的东西，减去无意义的社交，放下莫须有的执念，简单生活，过好每一个当下。

物质极简，并不是要清贫度日，放弃物质享受。而是学会放下内心对于物质过分的欲望。放慢脚步，关注自己的内在和精神。

物质极简，内心会更加富足，精神更加丰盈。删繁就简，去伪存真，才能体验真正的生活，感受生命的美好。

心安，即是归处

三毛说："心若没有栖息的地方，到哪里都是流浪。"

人静则心安，心安即归处。心若没有归处，到哪里都是流浪。

一朵花，开在哪里都有芬芳；一片叶，落在哪里都是归宿；一个人，心在哪里便是归途。

不为世事所扰，不为烦恼所动，放下对过去的懊悔，放下对未来的忧虑。保持一颗平常心，看淡得失，随缘自在。

简单地活在每一个当下，感受生活中平凡的美好。缘来缘去，不强求，不执着。是非荣辱，淡然处之。

历经沧桑，方知平淡是真。阅尽繁华，才知简单最美。人生无常，心安即是归处。

活在这纷扰的尘世，愿你我都能为漂泊的心，找到一个归处，在心里修篱种菊，悠然见南山。用自己喜欢的方式，浅度似水流年。

一茶，一书，一花。人静，物简，心安。便是人生最美好的生活状态。

写给母亲，爱的岁月

当我来到这个美丽的人间，睁开蒙眬的双眼，第一眼看到的是您的笑脸。那微笑里，有疼痛的呼吸，也有甜蜜的柔情。

数不清的日日夜夜，我躺在您的怀抱里，啼哭、吮吸、睡觉，在您的呵护下，慢慢成长。

当我咿呀学语，学会的第一句话是"妈妈……"妈妈，就是我的全部世界。

当我学会了独立，离开了您的怀抱，去追逐我的诗意和远方。可是，即使我离开了故土，却始终离不开母亲的牵念。

一字字叮咛，一句句嘱托，您用爱为我撑起一片世界，您用温柔打开岁月深处的荒芜，您用深情照亮我回家的路途。

但是，您却被岁月偷偷换了容颜，您的脸上有了时光镌刻的痕迹，您的额间有了缕缕白发，您的腰和背不再挺拔……您的眼神里，却始终如一，闪着泪光。我知道，那是您心里放不下的牵挂。

母亲，您就像是一座灯塔。在我遇到困难的时候，您总是鼓励我，为我指引方向，为我带来温暖和光亮。

母亲，您的爱，就像一条缓缓流动的小河，用水的宽容和博大，滋养着我的生命，包容我的任性与浅薄。

母亲，您的爱，又像是燃烧不尽的烈火，为我驱逐命运的黑暗，给我勇气，给我力量。

母亲，您的爱，更像是一首写不完的诗。起笔时，爱意浓。落笔时，岁月深重。

有时，我在想，老去的，究竟是母亲，还是有母亲的岁月？我奢望留住的，究竟是刻骨铭心的母爱，还是有母亲爱着的点点滴滴？

当有一天，我也终于长大，成为一名母亲。我才真正理解了母亲，理解了母亲那浓得化不开的爱。

人生路上，承受最多苦痛，流下最多泪水，背负最多压力的，只有母亲，永远的母亲。

当我迷茫无助的时候，依然会想起母亲。当我深陷黑暗落寞的时候，依然会记起母亲。母亲，一直以慈爱、以善良、以温情、以微笑，陪伴着我。

母爱，是融进岁月里的一首诗。诗里，有春风绵绵，带来无尽温暖；诗里，有夏荷清香，送来一季凉爽；诗里，有秋月无边，承载着满满的思念；诗里，也有冬雪清韵，走着走着就一起白了头。

花开花谢，云卷云舒，不管时光如何变换，母亲的爱，永远如一朵祥云，缭绕着我，爱抚着我。

母亲，您是一种岁月，写满爱的岁月。您的爱，不分春夏秋冬；您的爱，铺满清晨和日落；您的爱，照亮我生命的沟沟壑壑。

当我终于读懂了您的爱，您已经被岁月夺去了青春，褪去了美丽的容颜。

可是啊，在我的心目中，您依然是世界上最美的母亲。

我亲爱的母亲，您的一生都在为这个家操劳，从朝阳初升忙到日暮晚霞，却唯独没有时间好好爱自己。

今年的母亲节又到了，请允许我对您说一声："母亲，谢谢您！我爱您，永远爱您！"

感谢您给了我生命，感谢您陪我长大，感谢您，我永远的母亲。

此时此刻，我只想深深握住您布满皱纹的双手，陪在您的身边，和您说说话，再亲吻您的脸颊。

我只希望，岁月的脚步，慢一些，再慢一些，不要轻易惊扰我的母亲，她曾经也是风华绝代的美人啊……

愿时光能缓，愿母爱常伴。

愿全天下的母亲，平安喜乐，万事顺遂。

愿所有的母亲，母亲节快乐，永远快乐！

总有一场雨，落在思念里

时光匆匆，不知不觉，便已从五月的浅夏盈盈，走到了八月的暮夏之末。

连绵的细雨，一阵连着一阵，似是在与这个夏天做最后的告别。云里雾里，都氤氲着温热的气息。

有时是在早上，一觉醒来，打开窗外，就能触摸到缠绵的雨丝。雨丝，细细的，如心底温柔的思念，又如绵密的蜘蛛网一下子网住了天地。

不知什么时候，雨又停了，只觉空气中又湿又热，有一种透不过气来的闷热。只盼望来一场大雨，冲走所有的焦灼和炎热。

到了傍晚时分，夕阳落山，天边的云霞也被落日染成了浅浅的粉红色。远处的山峦，仿佛一幅黛青色的水墨画。粉霞青山，分外好看。

一眨眼的工夫，天色暗了来，乌云密布，狂风四起。一场大雨，蓄势待发。

路上的行人加快了脚步，只有天真可爱的孩童，还在不紧不慢地走着，嬉戏着。

还未回到家，雨已经开始下了。这雨，全然没有春雨的温柔娇羞，没有秋雨的缠绵多情，也没有冬雨的清冷凛冽。

夏天的雨，有一种浩浩荡荡的美。它来时轰轰烈烈、潇潇洒洒，豆大的雨点，倾盆而出。刹那间，天地万物都被一层雨雾笼罩着。

雨中的世界，是"大珠小珠落玉盘"的听觉盛宴。听雨，听的是雨落心间的禅意，亦是雨润万物的美妙。

这雨，时而如大提琴般优雅脱俗，时而如钢琴曲般清新动人，时而又如古琴一般低沉婉转。

大抵每一场雨，都有它的去处。落在屋檐，连成一道雨帘，是一卷诗意的风景；落在庭院，滴答滴答，滴滴答答，是一段悠闲的时光；落在山林，雨雾朦胧，是一派苍茫与滂沱。

落雨的时候，仿佛整个世界都安静下来了。人间的喧嚣，在雨中慢慢淡去。尘世的浮华，在雨中悄然隐退。

不同的人，在同一场雨中，也有着不同的心情。夏末的时光，也在雨中，泛起波澜。

也许，有人在雨中漫步，听雨等清风，度一场清欢；有人独坐窗前，温一壶老茶，品味那段老去的岁月；有人低眉凝眸，想念远方的故人；也有人行色匆匆，奔波在晨起与日暮。

夏天的风，吹过岁月与山海，吹过旧时明月与荷塘，吹来季节里的更迭，吹来光阴里的烟波凉。

夏天的雨，打湿了诺言，缱绻了流年。那些经年的往事，那些无处安放的情绪，都随着雨水流淌而去。

雨，来得迅猛，走得匆忙。不知不觉间，雨停了，回忆戛然而止。

匆匆一场雨，凉了夏末的时光，也静了繁华的人间。雨中，有清澈的凉，有浅浅的笑，有薄薄的念想，也有淡淡的释怀。

总有一阵风，填人间十万八千梦。

总有一场雨，落在夏天的思念里。

相逢，是最美的邂逅

生命中，总有一些遇见，惊艳了时光，温柔了岁月。年华里，总有一些相逢，摇曳于岁月的枝头，婆娑生香。

红尘陌上，花开嫣然。每一朵，都芬芳着时光的温暖，诉说着经年的阑珊。

佛说，前世的五百次回眸，才换来今生的擦肩而过。那么，我们有缘相逢，必是前世曾经深情相拥。

有些遇见，浅浅的，浅若一剪流云。片刻的相遇，便散向别离。只要曾经相遇，纵使分离，也不说永远，不说归期。

有些遇见，淡淡的，淡若一缕清风。徐徐而来，吹散了眉间的忧郁，淡化了心底的哀愁。只一眼，便心生欢喜。

有些遇见，暖暖的，暖若一抹煦阳。默默关怀，润彻了心扉。将这份暖暖的感动，根植内心深处，温馨相伴。

蓦然回首，岁月苍老的只是时间。相遇时的温暖与明媚，宛如开在心底的一朵花，素净优雅，独具芳华，任时光匆匆，花开不败，永不凋零。

始终相信，只要心存美好，终会遇见美好。同频的人，也终有一天会相逢。

相逢，只在刹那。刹那，便是永恒。

有一种相逢，不在拥挤的人海，而在心间陌上。一声问候，一句懂得，一个拥抱，时间，定格了永远。

村上春树说："岁月漫长，然而值得等待。"一季花开绚烂，一场真诚的邂逅。人生的旅途，相逢何必曾相识。相逢，是开在红尘的半亩花田，妖娆着每一个日暮黄昏，芬芳着每一个有趣的灵魂。

相逢，唯美了生命的诗行，温暖着四季流年。相逢，如春花般灿烂，如夏雨般澄澈，如秋叶般静美，如冬雪般纯洁无染。

遇见，别问是劫是缘。相逢，便是最美的邂逅。

有一句话说："无论你遇见谁，他都是你生命里该出现的人，都有原因，都有使命，绝非偶然，他一定会教会你一些什么。"

喜欢你的人给了你温暖，你喜欢的人教会你付出。不喜欢你的人，让你学会自省与包容，你不喜欢的人，教会你理解与尊重。没有人会无缘无故出现在你的生命中。

我珍惜着每一个相遇的人，感恩每一份相逢的缘分。历经山河岁月，有缘相逢，就是人间值得。

缘分不必在意长短，相逢不必刻意强求。生命中，你来，便是大海潮生，春暖花开。

泡一盏清欢的茶，为遇见倾心共饮。捻一缕墨色的香，为懂得萦绕心间。等风，等雨，等时间嘉许。待朝，待夕，待清风得意。

与每一个有缘人，欣喜相逢，不期而遇。

种花种树种光阴，等风等雨也等你

"最是人间留不住，朱颜辞镜花辞树。"每次读到这句诗，总是有一种难以名状的伤感。

春花易逝，美人迟暮。美好的东西，就如同这短暂的春光，桃花谢了春红，太匆匆。

清风过处，落花微雨。风染花香，花落满径。

花落的时候，安静极了，带着一丝柔软和娇俏，缤纷而下。如一只自在轻盈的蝶，又好似一场梨花雪。

春色寂寂，落花无声。不经意地，一朵花落在心田，盛开出一帘幽梦，氤氲着月色的柔光和清凉。

不承想，春花零落也美得如此动人，让人不忍触碰。站在不远不近的距离，静静地欣赏，也总是好的。

云雀声声，唤醒了绿树葱茏。白云朵朵，唤醒了蓝天远阔。樱花阵阵，唤醒了似水流年。

我尽情地铺开一层云烟，染着花香，蘸着春水，临着秀色，写下春深归处,岁月情深。

想起一些往事,忆起一些故人。在漫长的岁月里,不曾忘记,也不曾联系。

我们之间,像是铺着一纸长长的信,隔着一程山水,在心里默默怀念,却始终没有寄出去。

那些行过的路,念过的往事,恰如晚风拂着黄昏的软,洒下一地橙黄。白云悠悠,捎去经年的问候。

每一句问候,都是春风一缕,吹来山色朗朗,水声潺潺。

旧年的回音,被风摇绿,被花染香。浮云往事,似盛开的玉兰,依然洁净如初,想起你第一次对我笑,全世界都变得温柔起来。

在某个春日的午后,立于花下。趁着春光未尽,种下所有的花香。种花种树种春风,也种云烟和流年。

这些,都还不够,我还要种下花间一壶酒,种下眉眼一春色。种下久别又重逢,种下重逢如初见。种下相见欢,种下别亦难。

待你归来,拂去一身尘埃,抖落半生烟火,与我静坐,酿一壶春色,泡一盏清茶。

先品一杯清新可人的信阳毛尖,青绿的茶汤,是春天里的湖光山色。

微微的涩,宛若年少懵懂的青春。细细品之,生津,回甘,舌底鸣泉。

再品一盏道法自然的白茶。淡淡的甜,淡淡的香,淡淡的阳光味道。恍若人世间的相逢,浅浅的相遇,浅浅的相知,浅浅的相惜。如白云万里,不说别离,不问归期。

最后,再品一壶岁月典藏的普洱。清淡与浓酽,苦涩与甘醇,尽在一杯茶中。

经年的别离,爱恨的蹉跎,时光的流逝,都在岁月的沉淀里,化为悠远绵长的深情。

在一盏茶的清欢里,观浮世沉浮,拿起又放下。茶香缕缕,香风细细,静而优雅，宁而醇绝。

坐看云与月的结缘，晓听风与花的缠绵，饮尽杯中茶，淡品人间春色。我们，只言思念不说离殇，道尽情长无关风月。

清风凛凛，岁月微澜。鸟鸣衔来一行诗，山溪淌来一阕词，花香迷离一段尘缘。

以一颗淡然，守候生命的本真。以一份虔诚，邀约春天的守候。

花信有约，春风不误。等风等雨也等你，你不来，我不敢老去。

人面不知何处去,桃花依旧笑春风

去年今日此门中,人面桃花相映红。
人面不知何处去,桃花依旧笑春风。
——《题都城南庄》唐·崔护

那一年,他写下这首诗,只为让她知道,他内心深处的惦念。也只有她,才能读懂他未曾说出口的爱恋。

可是,为何不见她的踪影?寻寻觅觅,却等来冷冷清清……

不经意的,清风温柔的吹散了沉睡的桃花。一朵朵,娇艳欲滴。还是花开的季节,还是缤纷的世界,只是不见了当初的容颜。

指尖,划过一瓣桃花,轻盈,剔透。想起她的脸颊,最是那一低头的温柔,不胜娇羞。

时间,如此慷慨,让他在桃花烂漫的季节遇见了她。情不知所起,一往而深。那一树树盛开的桃花,也变得温柔多情。

时间又是如此的吝啬,待他归来,却不见当初的容颜,容不得他多说一句"我爱你"。

遇见,恍若一朵花开。低头,他便闻到了桃花的幽香。至今想起,仍觉梦幻一场。

他本是她家门前匆匆的过客,是那一刹那的邂逅,重新定格了他的思念。

他一介书生,赴京赶考。这一程山水,便是注定要相遇的。不问来时路,亦不寻归途。

这一生,能有多少相遇,恰好我来,恰好你在。所有相遇,都是久别重逢,相逢何必曾相识?

他轻叩柴门,她轻移莲步。讨来的那一碗清水,注定了一生的邂逅。累世的缘分,不必去深究,前世的擦肩,今生的回眸。

桃之夭夭,灼灼其华。相遇,在这桃花微雨的山水庭院。

他侧倚枝头,不经意的,瞧见她,粉面的脸颊,恰若初开的桃花,浅笑轻盈。她低头,眉目含情。纤纤细指,花影婆娑。

桃花树下,她着一袭素白的衣裳,宛若一抹皎洁的月色,幽幽照进他的心房。

一碗清水是那么的经不起拖延,放下石碗,不忍告别。他拿着石碗,静默在淡淡的花香里。含情脉脉,柔情似水。

她的眼神里,分明也有了不舍。佳期如梦,是否还能重逢?

原来,有时候得到的是短暂的,失去的却是永恒的。他曾不止一次的幻想,当他金榜题名时,可以大大方方地迎娶她的爱。

可是岁月如此经不起等待,当他满怀期许的时候,已经物是人非了。

桃花树下,落日余晖。桃花依旧娇艳,却早已没有她的芳影。他痴痴地站在桃花树下,一切恍然如梦。

想她时,她在脑海。念她时,她在何方?他回头看看来时的路,却是再也回不去的曾经……

他以为，她可以做他天涯海角的女主角。奈何，情深缘浅，她不过是他生命匆匆的一笔注脚。

有时候，错过的，不仅仅是爱，还有一生的等待。天涯芳影何处寻？

停留是刹那，转身即天涯。有的爱，一生只此一遇。有的情，一直幽居在心底。

人生何处不相逢，但有些转身，真的就是一生，从此后会无期，再也不会相见。

时光，太过匆匆。有的人还没有好好相爱，就变成了过客；有的情还没有深深眷恋，就被岁月封尘；有的故事还没来得及书写，就变成了昨日的云淡风轻。

多少人，在命运匆匆中，赶赴一段春暖花开的际遇。只是这片刻的相聚，却换来一世的别离。

此去经年，谁还会记得那年的清风很柔，那年的桃花很美？

人生没有绝对的安稳，爱恨痴缠也如镜花水月。向来情深，奈何缘浅？不如携一颗从容淡泊的心，把爱埋藏在内心的最深处，走过山重水复的流年，笑看风尘起落的人间。

煮字成暖，落笔为念

春夏秋冬，各有所爱。每个季节，都有独特的美。春的娇艳，夏的热烈，秋的成熟，冬的内敛。

《小窗幽记》中写道："黄花红树，春不如秋；白雪青松，冬亦胜夏。春夏园林，秋冬山谷，一心无累，四季良辰。"

每当春回大地，万物复苏的时候，春光迤逦，百花争艳。但是，若要论起黄花和红树的美丽，春天比不上秋天。若要说起白雪的皎洁，和青松的葱绿，冬天亦能胜过夏天。

不管人生的际遇如何，学会把内心的负累抛下，那么，一年四季皆是好时光。

四季更迭，蕴含着生生不息的力量。我们的人生，也恍如四季。

青春年少，就是人生的春季。

这时的我们，意气风发，种下所有的希望和梦想。我们渴望"春风得意马蹄疾，一日看尽长安花。"

青年时期，就是人生的夏季。

热情的夏季，万物飞长。我们也成家立业，孜孜不倦，努力拼搏。

到了中年，便是人生的秋季。

秋，是收获的季节。一路走来，把千山万水的风景看透，把人生的酸甜苦辣尝遍，慢慢收获属于自己的桃花源。

到了老年，便是走到了人生的冬季。

冬季，繁华落尽，万物凋零。铅华洗尽，删繁就简。只留下一身素雅的风骨，带着一份从容与淡定，笑看风云。

岁月极美，美在辗转。春有新枝，夏有葱绿。秋有收获，冬有蕴藏。

人生的四季，每个阶段，都有自己的使命，也有属于自己的独特风景。经历该经历的，放下该放下的，用一颗淡然的心，去欣赏四季不同的风华，便能感受生命里所有的好时光。

一个人，总要领略四季不同的风景，才能抵达心灵的辽阔和丰盈。

看过花开花落，才能学会珍惜拥有。经历过寒风冷雨，才能磨炼心智。观赏过月盈月缺，才能明白人世无常。

沧桑和苦难，都是生命的底蕴。不经历沧桑的人，难以拥有平和的心境。没有经历苦难的人，不会拥有坚毅的灵魂。

所有的从容和淡定，都是磨砺出来的。命运不会偏袒谁，也不会故意刁难谁。那些活得幸福的人，不是没有烦恼，而是放下得多，计较得少。所求不多，内心的惊悸自然会少。温和的阳光，也会洒满光阴的两岸。

当浮华褪尽，生命的脉络清晰可见。也寂寞，也淡薄，也安暖。犹如云卷云舒的恬淡。

最美的风景，无需花枝满丫。只要内心澄澈，何处不是水云间？

很多时候，我们之所以会觉得很累，是因为自己背负了太多的负担。有的事情太过较劲，只会给自己添堵。

人生苦短，远离那些负能量的人和事，没必要浪费宝贵的时间去纠缠。凡事看淡一点，一切便会豁然开朗。

就像林清玄说的那样："一尘不染不是不再有尘埃，而是尘埃让它飞扬，我自做我的阳光。"

心大了，大事就小了。心小了，小事就大了。

不牵挂，不计较，不纠结，是是非非无所谓。

每一朵花，都有自己的开放周期。每一株小草，都有适合自己生长的土壤。每一只鸟儿，都有属于自己的一方晴空。

不必羡慕别人，不必苛责自己。好好做自己，等待自己的花期。然后，安安静静地绽放。

眉目舒展，执笔问安。行走在苍凉的暮色里，等春风揭开四季轮回的序幕。

等闲若得春风顾，不负时光不负卿。好时光，莫辜负。

煮字成暖，落笔为念。一心无累，四季良辰。

接纳，是生命最好的温柔

人生，是一场漫长的修行。

一路上，我们会遇到很多人，有的人擦肩而过，有的人匆匆别离。真正留在生命里的人，少之又少。

没有太多缘由，似乎冥冥之中早已注定。我们在红尘陌上相知相遇，又在光阴的渡口匆匆别离。

相遇，宛若一朵花开，温柔了岁月，惊艳了曾经。别离，仿佛一杯茶凉，落寞了相思，清瘦了流年。

人生有太多的身不由己，太多的悲欢离合。该遇见的，终会遇见。要离开的，也无法挽留。

而我们能够做的，就是学会接纳。接纳一个人的突然出现，也接纳一个人的再也不见。

我们成长的过程，便是接纳的过程。接纳生命中的每一份或深或浅的缘分。得之我幸，失之我命，仅此而已。

接纳，是生命最好的温柔。温柔地对待别人，温柔地对待自己。温柔地伸手与过去告别，温柔地与当下握手言和，温柔地张开怀抱拥抱未来。

我们的生命需要这样的一种温柔，一种力量。

当我们懂得接纳别人，其实也是在欣赏和尊重别人。不再用自己的标准去衡量别人的言行举止，也不再用自己的价值观去评判别人的是非对错。

对于别人，我们会从内心涌现出慈悲与怜爱。我们终于明白，每个人都有自己的生活方式，都有自己的身不由己。

每个人出现在我们生命中的人，都如一面明镜，照见我们自己内心最真实的一面。

接纳别人，也是在接纳自己。

接纳自己的平凡，接纳自己的普通，接纳自己的不完美，接纳自己的一切。全身心地接纳自己，是终身美好的开始。

《无声告白》的扉页上，有这样一句话："我们终其一生，就是要摆脱他人的期待，找到真正的自己。"

有多少人，从小到大，一直活在别人的眼光和期待里。就像《被嫌弃的松子的一生》书里的松子一样，讨好了所有人，唯独忘记了自己。

接纳，是最好的疗愈。人生不如意，十之八九，当我们能够接纳自己，与自己和解，才是最好的放生。

这个世界上，每个人都是独一无二的。不必讨好别人，也不必和别人比较。拥抱真实的自己，好好做自己，耐心等待自己的成长，如同静静地等一朵花开。

一个人，只有学会了接纳，才能更加从容地面对波澜起伏的人生，也才有足够的力量，抵挡外界的风风雨雨。

稻盛和夫曾说："选择接纳一切才是生命的强者。霉运的高峰也许是好运的开始。接纳霉运也是一种能力，眼睛可以仰望星空，双脚必须脚踏实地。"

接纳人生的每个阶段，不管是巅峰，还是低谷，都是人生的必经之路。

不必忧虑，不必自责，更不必踌躇不前。

接纳一切的发生。每一件事情都有它不得不发生的缘由，每一条路都有不得不这样走的理由。与其挣扎，与其懊恼，不如接纳。接纳，是一种更加柔软，更加包容的力量。它会让我们活得更加通透，更加坦然。

仰望星空，脚踏实地。一步一步向前走，进一步自有进一步的欢喜。

当你走出了低谷，走出了痛苦，走出了迷茫，那些曾经以为走不出的黑暗时光，早已透露着丝丝缕缕的微光，照亮着前行的方向。

而你，已不再是那个软弱无助的你。你会变得越来越温柔，越来越强大，越来越有力量。

人生，是一个不断成长的过程，也是一个不断放下的过程，放下执念，放下羁绊，用自己喜欢的方式度过这一生。

好好爱自己，你值得更好的人生。

第三辑

淡之美，禅之境

人生百味，终归一淡。世事万千，淡然一笑。

淡淡地，如细水长流一般，过好自己的生活。得与失，成与败，皆淡然以对。

淡之美，禅之境

淡，是一种清雅之美

淡，三滴清水，两团火焰。水与火，本不相融，却巧妙地被一个"淡"字结合在一起，放下纷纷扰扰，了却恩恩怨怨，和平相处，趋于内敛，归于中庸。

你给我清凉，我给你温暖。于是，便有了淡淡的美意，淡淡的清和。

我喜欢淡淡的感觉。如一壶清凉的月色，洗去尘世的喧嚣与疲惫，抚慰着孤独的黑夜。

又如一抹清雅的茶香，不浓烈，不张扬，丝丝缕缕，仿佛素白的花，开在心间，不染世俗尘埃，兀自生香。

李国文先生曾在《淡之美》中写道："一般说，浓到好处，不易；不过，淡而韵味犹存，似乎更难。"

淡之美，是接近自然的本真之美，也是浮华褪去的朴素之美。

淡之境，是"行至水穷处，坐看云起时"的淡然，也是"一蓑烟雨任平生，也无风雨也无晴"的豁达。

人生，看透不如看淡

"天下熙熙，皆为利来；天下攘攘，皆为利往。"古往今来，多少人，周旋于名利场，奔赴一场场惊鸿宴。

推杯问盏之间，觥筹交错，说着言不由衷的话，带着伪善的笑意，迷失了自己。

人生天地间，行走于俗世红尘，很难真正摆脱名利的诱惑。但若一生都为名利所役，被"贪嗔痴"之念所牵绊。那么，就很难看清生活的真相，难以体悟生命的真谛。

陶渊明五次出仕，五次归隐。最终，放弃官场的尔虞我诈，寄情山水，淡泊名利。于是有了《归园田居》的精神家园，有了"采菊东篱下，悠然见南山"的惬意洒然。

陶渊明在他的灵魂疆域里，邂逅了"桃花源"。这片桃花源，是他精神的乌托邦，怡然自得，宁静祥和。

在我们每个人心里，也藏着一处"桃花源"。无论生活如何困顿，只要心中有这样一方净土，心灵永远都不会困于泥沼。

得意时，我们须知，世事无常，再顺利的人生也有苦难与无奈。失意时，我们也知，内心若有桃花源，灵魂就能真正舒展。

人生，看透不如看淡。看淡，是一种平和的心态，是一种返璞归真的坚守，也是繁华落尽的幡然醒悟。

只有经历了风风雨雨，看遍了万千风景，尝透了世间百味，才慢慢懂得"淡"的境界。

所有的喧嚣渐次退场，那些浓烈的、喧嚣的、浮华的东西，慢慢失去记忆。一切终归平淡，内心也趋于淡泊。

诸葛亮在《诫子书》中写道："夫君子之行，静以修身，俭以养德，非淡泊无以明志，非宁静无以致远。"

淡，是对执念的释然，是精神的恬淡，更是灵魂的彻悟。任世事沧桑，我亦无忧亦无惧。

淡之美，亦是禅之境

浓烈与淡泊，是两种不同的生活方式。

如果说，浓烈是一种积极的入世方式，鲜衣怒马，所向披靡。那么，淡泊便是灵魂的皈依，从容不迫，恬淡安然。

相比于浓烈，我更喜欢淡泊。淡淡地感受生活的美好，淡淡地追求自己的梦想，淡淡地体会生命的本真。

想起诗人王维，一生过着半官半隐的生活。为官，是入世谋生，兢兢业业，如履薄冰。归隐，是出世安顿灵魂。不汲汲于名利，悠然陶醉于山水之间。

"倚楼听风雨，淡看江湖路"。在那个动荡的朝代，无论外界如何风云变幻，他依然坚守内心的一片净土。在仕途沉浮中，他集儒、释、道于一身，修炼成一代"诗佛"。

汪国真曾说："不忧淡泊的生活，并能以淡泊的态度对待生活中的繁华和诱惑，让自己的灵魂安然入梦，这样的人，予自己是云朵一样的轻松，予别人是湖泊一样的宁静。"

人生百味，终归一淡。世事万千，淡然一笑。

淡，是一种生活姿态，不慌不忙，临危不惧。平凡而不平庸，审慎而不世故，从容而不急迫，恬淡而不狷躁。

淡淡的，如细水长流一般，过好自己的生活。

淡，是一种禅意的境界，大智若愚，处变不惊，远离是非纷争。没有膨胀的欲望，不会欲壑难填。没有欺世盗名，不会招摇过市。

得与失，成与败，皆淡然以对。

人生，若得淡之美，便悟禅之境，岂不快哉！

心静如水，安之若素

越发走到岁月深处，越是察觉人生的不易。

有生活的琐碎，有情感的羁绊，有不经意的伤感，也有偶尔的悲观。

但无论何种境遇，依然要做一个精神明亮的人。精神明亮，是灵魂的高贵，也是内心的笃定。没有咄咄逼人的气势，没有痛苦迷茫的哀叹。

顺境中，不骄不躁，保持低调与内敛。逆境中，懂得沉淀与反思，安安静静，积蓄力量。

人生，是个不断成长的过程。我们总要学会自己成全自己。

世间诸事，且随它去

一直特别羡慕那些活得简单而潇洒的人。

认真地活在当下，不过分缅怀过去，也不过于担忧未来。静赏花开，淡看花落。眉目舒朗，云卷云舒。

哪怕什么都不做，只是安静地看着天空，发会儿呆，内心也是知足的，愉悦的。

相比之下，那些焦虑的人，活得小心翼翼，总是担心不好的事情发生。然而事实上，我们担心害怕的事情，大部分是杞人忧天，并不会发生。而我们却在担忧中，打乱了自己的节奏，蹉跎了大好的时光。

任何事情，该来的自然会来，挡也挡不住。不该来的，想得再多也无用。过于忧虑，只会增加自己的痛苦，让自己的生命多了一些沉重的负担。

孔子一生以四绝——"勿意、勿必、勿固、勿我"要求自己。凡事不主观臆测，对事情不绝对肯定，不固执己见，不唯我独尊。

为人处世，若是能达到如此境界，人生也定然会减少许多不必要的烦恼。

内心安详，何惧岁月荒凉？对自己好一点，让心中的烦扰少一点。

世间诸事，且随它去。一心无累，四季皆安。

忠于自己，成全自己

人生路上，有绵延不绝的美景，也会遇到各种各样的人。有人喜欢我们，也会有人讨厌我们。而我们能做的，就是做好自己，无愧于心就好。

我们不能因为别人的指手画脚，而扰了心神。也不能因为别人的侮辱诋毁，而退缩不前。

太在乎别人的评价，就会局限自己的思维。跟随别人的眼光，只会暗淡自己的光芒。

遵从自己的内心，不喜欢的圈子，可以放弃。不喜欢的事情，可以拒绝。不喜欢听的话，就让它随风而去。

余生宝贵，不必纠结于复杂的人和事，简单一点，开心一点。永远不要为了不值得的人，不值得的事，耗费自己的时间和精力。

不要把光阴虚掷在毫无意义的事情上，别让闲言碎语消耗你生命的热情。

生活是自己的，不管别人怎么看，怎么说，只有自己的感受才是生命的实相。其他的一切，都是虚无缥缈的，何必牵肠挂肚。

如大冰所说："我的生活是过给我自己的，编剧是我、导演是我、主演是我，观众还是我，不是过给别人看的。"

人活一世，一定要忠于自己，成全自己，才能过好属于自己的人生。做自己喜欢的事，成为自己喜欢的人。

心静如水，安之若素

宫崎骏曾说："小时候，幸福是一件简单的事；长大后，简单是一件幸福的事。"

喧嚣的尘世里，无论身处怎样的繁华，内心也要保留一份安静与简单。唯有在安静中，才能照见真实的自己。唯有在简单中，才能找到朴素的快乐。

简单，是一种生活态度。活得简单一点，自然也会离幸福更近一些。

给自己的生活做减法，减去不必要的交际，减去过多的欲望。在适合自己的圈子里袒露本真，在三观不合的人那里，坚守自己的孤独。

心中有风景，口中无是非。独处的时光，可以看看书，写写字，或者发发呆，在心中栽种一份诗意，让每一个普通的日子，充满简单的快乐。

偶尔，也约上三五好友，泡上一盏茶。把季节的冷暖与岁月的温情，也一并泡进茶里，偷得浮生半日闲。

"岁月不声不响，你且不慌不忙"。烟火红尘中，以一颗素心，细数流年，静待来日方长。

生活的美好，缘于一颗安静的心，淡定从容，自在安然。

生命的美好，在于内心的丰盈。不困于物，不乱于心。

所有的复杂，终归简单。所有的喧嚣，终归沉寂。所有的来路，终有归途。

心静如水，安之若素。心怀阳光与希望，勇敢向前。

一茶，一书，一静谧

人生，总是要经历春的明媚，夏的热烈，秋的成熟，才能感受冬的静谧。

喜欢一个人散步，走在清冷的冬韵里。远处的山峦，依稀清晰可见，仿佛一幅淡彩水墨画，寥寥几笔，勾勒出几分素雅，几分萧瑟。

脚下的落叶，似是岁月枝头跌落的年华，安安静静，铺陈在大地之上。俯下身，捡起一枚落叶，放在掌心。

枯萎的褐色，是它凋零的容颜。也是岁月匆匆，留下的痕迹。

时光，最是无情，苍老了容颜，瘦减了年华。朱颜辞镜，落花辞木。

时光，却也最深情。埋没了凡尘喧嚣，了却了世俗恩怨。曾经多少事，都付笑谈中。

四季轮回，从华枝春满到叶落归尘，是结束，亦是重生。而那一片叶，始终是寂静的，不争，不抢，不怨，亦不哀。

没有一片叶，可以躲得过寒风冷雨的侵袭。正如没有一个人，可以逃得过岁月的雕琢与洗礼。

在命运的跌宕起伏中，我们终是学会了沉默。过往云烟，如风飘散。好的坏的，都静默成了一道风景。

亦舒说："人凡事要静；静静地来，静静地去，静静努力，静静收获，切忌喧哗。"

光阴易老，韶华易逝。与其感伤，与其惆怅，不如卸下一身的疲惫与沧桑，坐在安静的角落里。心怀一份安然，煮一壶暖茶，读一页闲书，静静地，不染季节风霜。

不去问远行的故人何时回来，也不想明天的路究竟在何方。且不说来日方长，也不求天长地久。

在一盏茶里，看茶叶起起伏伏，如同我们的人生，有高潮，也有低谷，绚烂过后，最终归于平淡。

在一卷书里，读王维的"明月松间照，清泉石上流"，可得自然之趣。读苏东坡的"惆怅东栏一株雪，人生看得几清明"，可得澄澈之境。

就这样，在茶香与书香的缭绕中，偷得浮生半日闲。不问世事，无问西东。不谈别离，不诉忧伤。

午后的阳光，暖暖的，透过玻璃窗，落在眉间，生出浅浅的欢喜。一枝檀香，袅袅燃尽。心，也越发地安静了。

人心本无染，心静自然清，人生最美是安静。这种安静的感觉，让我如此沉迷，如一朵清幽莲花，开在心间，素净，安然。

仿佛整个世界都静了下来，没有琐事的烦扰，没有俗世的纷争，也没有情感的束缚。

心静则安，在安静中才能感受生活的美意，才能抵达更加辽远的境界。

静，是心的归隐。无需远离红尘，也不必归隐深山。只在内心修篱种菊，生命自有芬芳馥郁。在安静中褪去人生的纷纷扰扰，悄悄积蓄生命的力量。

"闭门即是深山，静心即是修行。"不贪浮华，不慕名利。不以物喜，不以己悲。得意时坦然以对，失意时淡然处之。

平心静气，身心也会生出淡淡的愉悦。宁静安详，拥抱内在精神世界的蓬勃。

在这个清冷的冬日里，褪去一身繁华，删繁就简。守着一茶一书，回归静谧，自在从容。

心中有静，随处都是净土。不问山长水阔，只愿淡然前行。

安安静静地生活，不惊不扰，活出恬淡的诗意。

愿余生安好，未来可期

时间过得真快，转眼，已是年底岁暮。

昨日种种，迷茫或困顿，欢乐或悲伤，都已成为过去。经年往事，也如一缕晚风，轻轻飘散。

清寒的季节里，似乎所有的繁华，都已凋零。所有的故事，都已落幕。所有的眷恋，都有归宿。

一路行走，一路感悟。有所得，亦有所失。人生之路，总会经历各种困难。突破重重阻碍，才能邂逅柳暗花明。

季羡林先生在《悲喜自渡》里说：

> 在人生的道路上，每一个人都是孤独的旅客。人间万千光景，苦乐喜忧、跌宕起伏，除了自渡，他人爱莫能助。

是的，每个人都在孤独地过冬。不管这个冬天多么寒冷，多么萧瑟，都只能自己熬过去。

人生，总有一段特别难熬的阶段。经历了无数呐喊，却无人听懂。曾经的辛苦与付出，却没有达到预期的结果。

眼前困难重重，身后空无一人。

身处低谷，也曾焦虑，也曾痛苦，也曾绝望。那个曾经意气风发的自己，如今已是尘满面，鬓如霜。

总是希望能够遇到贵人拉自己一把，到最后，才明白，只有自己才是能够拯救自己的贵人。

不是别人不帮，而是很多艰难的时刻，你必须活成一束光，才能温暖自己，照亮自己。

你只能把委屈吞下去，才能喂养自己的格局。你必须把困难打碎了，一步步往前爬，才能挺过去。

不管生活如何刁难你，请相信，坚持下去，自己就能蜕变成自己喜欢的样子。

人只有在逆境时，才会真正学会思考。沉淀自己，也重新审视自己。在风风雨雨中，学会独立与成长。在安安静静中，不慌不忙地坚强。

不经一番寒彻骨，怎得梅花扑鼻香？熬过去，就能看到更加动人的风景。

生而为人，每个人都有自己的难处和无奈。无论多难，都要熬过去。熬过黑暗，就能看到黎明的曙光。熬过寒冬，就会与明媚的春天相逢。熬过当下的苦难，就能邂逅期许的未来。

熬，不是消极妥协，而是静候时机。熬，不是得过且过，而是蓄势待发。

漫漫人生，我们终要学会忍耐，学会坚持。王阳明曾说，每个人都要在事上磨炼，在心上修行。

真正的智者，不会在一时的挫折中沉寂。而是把所有的磨难，当做命运的锤炼。

每一次坎坷的经历，都在丰富我们的人生。每一次伤痛的记忆，都会让我们越来越坚强。

当年明月在《明朝那些事儿》里写道："即使你拥有人人羡慕的容貌，博览群书的才学，挥之不尽的财富，也不能证明你的强大，因为心的强大，才是真的强大。"

不管前路如何艰难，也要朝着未来勇敢前行。远方，除了遥远，还有明媚的曙光，还有永不磨灭的希望。

找准自己的方向，脚踏实地，一步一步向前走，进一步自有进一步的欢喜。

纵然时光薄凉，内心依旧向暖。与阳光相依，微笑前行。把所有的痛苦与委屈一一封存，让所有的不愉快随风而逝。

静守时光，以待流年。生活明朗，万物可爱。我们终将成为自己喜欢的样子。

熬过苦难，终遇新生。愿我们活在当下，珍惜拥有。愿余生安好，未来可期。

静守岁月，自在从容

四季流转，时光苍翠。春去远，夏渐长。

一朵花开，开出了一个春天的明媚。一声鸟鸣，衔来了一个夏天的葱茏。

窗外，一层层的绿意，浩浩荡荡铺设开来。从山川到田野，从院落到街巷，从眉目到心房……绿荫满枝，清幽宜人。

季节更迭，循环往复，生命也在一个又一个轮回中，焕发着勃勃生机。

人生之路，犹如一幅缓缓打开的画卷。有花香萦绕，有墨香浸染。有一程暗淡，也有一程风雅。

即使褪去了春的千娇百媚，依然有夏的青翠葱郁。生命之美，从没有停歇，只是需要我们用心去感受。

一季有一季的风光，一程有一程的美丽。每个生命，都有属于自己的精彩。

提一篮清风，静听风起云涌。扛一树繁花，淡看月盈月缺。行至水穷处，坐看云起时。洗尽铅华，返璞归真，留一份生命的纯朴与本真，窥探世间所有的荒芜与美好。

喜欢简简单单地活着，用一颗淡然的心，面对人生的荣辱得失。用一颗坚强的心，对抗人生的疾风骤雨。用一颗优雅的心，诠释生命中无言的静美。

走自己的路，看自己的风景。让生命回归自我，心存美好，收获内心的快乐。

曾经的我们，有过遗憾，有过伤痛，有过欢笑，也有过幸福。好的坏的，都已经成为回忆。就让回忆风干，挂在岁月的门楣。

即使痛苦，又何妨？懂得从痛苦中汲取力量，把悲伤化作前行的力量，人生依然有无限可能。

相信自己，也相信时间的力量。相信自己的努力与付出，终不会被辜负。不管遇到什么样的困难，只要内心坚定，做好自己，终会看到属于自己的风景。

做好自己，无需解释。并非所有的人都懂你。懂你的人，不必多言，自会有信任与支持的目光。不懂你的人，说得再多，也无法共鸣。

这个世界上，并没有真正的感同身受。一个人也没有办法完全理解另一个人的想法和感受。不同的境遇，不同的心态，也就有不同的看法。无所谓好坏，有时只是立场不同罢了。

每个人，都是一个独立的生命个体，都有自己的活法。做好自己，活出自己的人生，便是最好的修行。

人生的旅途中，遇到坎坷，也无需抱怨。是福是祸，都躲不过。与其逃避，不如坦然接受。塞翁失马，焉知非福？有些事情，换个角度，也许会有不同的看法。

生活不易，且行且珍惜。懂得自我绽放，才能释放生命的力量。不讨好任何一份冷漠，也不辜负每一份信任。

朱光潜先生曾说："人生真正的美，是静守岁月，从容自在。内心的澄明充盈，是抵御不安与喧嚣的良药。在复杂的世界里，活出自己的本真与心安。"

时光深处，愿做一个温暖的人，温暖自己，也温暖别人。做一个善良的人，善待岁月，也被岁月温柔以待。做一个有力量的人，有自己的原则，也有自己的底线。温柔地努力，慢慢地成长。

与时舒卷，抵挡岁月荒凉。如同枝头葳蕤的绿意，朝着阳光的方向，向上生长。

内心坚定，走自己的路，看自己的风景，过好自己的人生。

自在随风,流云静寂

一个转身,春已远去,夏已葱茏。

满地落红,且随春归去。想起黛玉葬花,"花谢花飞花满天,红消香断有谁怜?"

终究会老去,就像一朵花,离开枝头;就像一杯茶,隔了夜凉;就像一场戏,落尽繁华;就像一弯月色,瘦作心弦,弹奏着离歌。

远去的故事,在岁月里颠沛流离,寂寞而清冷。

忽然之间,有一种莫名的伤感。说不清,道不明,如一阵风,来无影,去无踪。

想起很多往事,有伤感的,也有遗憾的,还有一些当时难以释怀的委屈。在岁月的长河里,以为自己释怀了,可每当想起,还是莫名的难过。

终究只是一介凡夫俗子,看似明白了很多道理,看透了很多东西。然而,当某一天,某个时刻,那些情绪如潮水一般涌来的时候,自己还是会破防,甚至任由决堤⋯⋯

没有什么好,或者不好。所有的情绪,都是当下的一种状态。无需抗拒,无需逃避,浅浅淡淡地接受就好。任它来,任它去,只当是接待了一位经年故友,他有他的沉默,我有我的寡欢。

如此一想,内心反而有些释然了。不再去纠结,不再彷徨,也不再哀怨。

放下执念,便是放过了自己。终于明白,有些路,只能一个人走。落花拂过衣襟,清风吹过离愁。

有些人,遇见就好。没有谁,会一直陪伴在你左右。爱过、恨过、纠缠过……往事已轻,轻如一缕鸿毛;往事已淡,淡如一抹云烟。

很多时候,自己的情绪要自己一个人默默消化。懂你的人,不必多说,一个眼神,便了然于心。不懂你的人,多说无益。

而那些真正关心自己的人,又舍不得去说。说了,怕他们担心。让别人担心自己,内心总是有几分过意不去。罢了,不如不说。

自己一个人消化,刚开始会觉得很难。可是,慢慢习惯就好了。

习惯,有很强大的惯性。当你习惯了一个人默默疗伤,一个人默默坚强。你会发现,原来,自己也很厉害,也很可爱。

你的敏感,你的脆弱,你的多愁善感,终于可以在自己这里,好好安放。如山涧的溪水,肆无忌惮地流淌……

慢慢地,学会了全身心地接纳自己。接纳自己的过去,接纳自己的无助,接纳自己的平凡,接纳自己的傲娇,也敢于承认自己的优秀和勇敢。

用了大半生的时光,终于与自己和解。把那个胆怯的,弱小的自己,一步步地拽到阳光下。面朝太阳,微微一笑。

那一刻,风很轻,云很淡。天高地阔,内心也充满了力量。

试着摆脱别人的期待,把真正的自由归还给自己。活出自己的本心,活出自己的热爱。

岁月百转千回,几多悲喜,几多喜乐,都成过眼云烟。人生无常,且行且惜。

往后的时光,自在随风,流云静寂。愿以清净心看世界,以欢喜心过生活。愿与风雨一路相随,与万物相濡以沫。

心似白云常自在,意如流水任东西

浅夏的风,轻轻地吹着。从山野到书房,从清晨到日暮。淡淡的清凉,把枝头的花儿,一瓣瓣叫醒,散发着幽幽的暗香。

每一个季节,每一段时光,都有恰到好处的美。闲听花开花落,漫观云卷云舒,留一份闲情,静守余香伴夏来。

一

暖风徐徐,青山叠翠。草木葳蕤,绿树成荫。夏天,真的来了。

柳条一寸寸地绿了,石榴花一朵朵地艳了。细碎的阳光翻山越岭,落在绵密的绿荫上,空气里也多了一丝温热。

夏天的白云,是天空的翅膀。所有的梦想,都可以乘着风振翅翱翔。

清风,在绿叶间流动,所到之处,必是清凉一片。花香,在窗前悠悠飘荡,一不小心,爬进屋里,流进你的心房。

你听,高大的桐树上,几只麻雀正在"啾啾、啾啾"地叫着。像是在迎接夏天,又像是尽情歌唱生命的美好。这是夏天的声音,恣意张扬,热情似火。

你看，院子里的蔷薇花，正在风中翩翩起舞。"水晶帘动微风起，满架蔷薇一院香。"这是夏天的浪漫，闲坐庭院，守一院蔷薇花开。

是的，浅夏便是最美的夏日时光。柔蓝软绿，碧空万里。这个时候的夏天，还没有那么燥热，有清风，有鸟鸣，有流云舒展，有蝶舞蜂忙。

没有哪一个季节比浅夏更温润，更葱茏。它温和而不矫情，热烈而不张扬。它既有温柔的暖意，也有蓬勃的生机。

二

春落空山，夏颜如画。用光阴起笔，以山水润色，描摹出一幅隽永的画。画里，有栀子花的素白，有茉莉花的清芳，有凌霄花的热情，有紫藤萝的浪漫，也有竹摇清风的逍遥，还有林下漏月光的诗意盎然。

指尖如雪，落满玲珑的心事，想起旧时光里的那些人那些事。

有过落寞，有过彷徨，有过欢喜，也有过着迷。人生的长河里，多的是泛泛之交，真正能走进心里的，只有那么几个。赏心只需三两枝，这三两枝，便足矣。

人生最幸福的莫过于，在对的时间，遇见对的人。一起并肩前行，看春花满园，听夏蝉鸟鸣，赏层林尽染，观寒梅点点。不管时光如何变换，始终有一人，陪伴在你身旁，知你冷暖，懂你悲欢。

尘世里，总会有一种情，化作淡淡的香息，萦绕在你的生命里。

一些温暖，一些美好，镌刻成永恒的回忆，风干成深情的诗行。

往事与时光之间，隔了长长的一个岁月。岁月的路上，长了草，开了花，落了云烟与白雪。覆盖了来路，也覆盖了眼前的烟火。

三

拨开层层迷雾，恍惚间，又见清澈素美的容颜。如一朵莲，静静地开在浅夏的光阴里。

莲，有美人之姿，清丽脱俗，亦有君子的品性，从容入世，淡雅出尘。

一池娉婷，一世芳华，在绿荫丰盛的季节里，莲不紧不慢地盛开着，或低眉，或深情，或含苞，或待放……千种姿态，万种风情，不垢不净，淡看浮华。

不染尘埃，清风徐来。心若清净，风奈我何？

古语曾云："心似白云常自在，意如流水任东西。"闲看落花，静听风云。心似白云，意如流水。常欢喜，且自在。

心无挂碍，无拘无束。不为往事扰，不为未来忧。尽情做自己，活出自己喜欢的模样。

浅夏时光，唯愿守候三分清新的诗意，三分浓浓的绿意，三分如莲一般的禅意，剩下一分，留给阳光。

让每一寸阳光，充满欢喜。让每一缕清风，都能读懂世间所有的温情与冷暖。

相信星星会说话，相信草木会开花。相信你一路风尘仆仆，所有的梦想终归抵达。

这个夏天，与你共赏一轮明月，共数满天繁星，共听夏虫低吟，共同拥抱日落黄昏。

愿所有的疼痛都能自愈，愿压抑的情绪慢慢舒朗。愿你的心境更加开阔，愿你的内心更加坚定从容。

风有约，花不误，深深懂得，淡淡释怀

  风，是季节的信使。每个季节的风，都有独一无二的美。

  春天的风，是轻盈的，温暖和煦，像是母亲的手，温柔地抚摸着你。

  秋天的风，带着一丝萧瑟，像是清冷的夜色里，一支孤独无眠的歌。

  冬天的风，有些凛冽，带着刺骨的寒意，席卷满天的飞雪。

  而我，最喜欢夏天的风。风里，带着花香的缱绻，山野的气息，阳光的暖意。

  初夏的风，是寂静的，还略带一丝娇羞。当夏风拂过山岗，穿过原野，掠过花香，透过树梢……风里，卷着一抹清凉，沾染着人间烟火的气息，扑面而来。

  风，落在额头，落在指尖，吻在脸颊，悄悄告诉你：嗨，夏天来了。

  于是，蔷薇爬满篱笆小院，石榴花燃烧起火红的热情，莲花渐次舒展，柳丝越来越绵密，树荫也越来越浓郁。

  素白的栀子花含苞待放，像极了那些年遗失的青春，青涩懵懂，却又纯真无瑕。

红樱桃酸甜可口，隐在绿叶间，随风舞动。摘一个放在嘴巴里，酸酸甜甜，从舌尖蔓延到心底。

清风落在屋檐下，摇响一串串青梅煮酒的回忆。

柳树上的蝉鸣，月色下的蛙唱，妈妈手中轻摇的蒲扇，嘴里哼唱的歌谣……

还有，橙汁与汽水，西瓜与老冰棍，填满了记忆中的夏天。

迎着风，一路成长。失去了很多，但也收获了很多。

看，手中的这杯茶是我的，茶台上的这本书是我的，芬芳的茉莉花是我的，日落晚霞也是我的。

清风寂寂，眉眼情深。这个夏天的喜欢与热爱，通通都是我的。是我的心之所向，我的情之所钟。

夏天悄悄来，夏风轻轻地吹。日光倾城，空气清芬，绿水绕枝，青山葳蕤。

一阵风吹来，携着草木的清香，与我撞个满怀。

我与风，如故人重逢，欢喜相拥。风带着我，越过尘世的藩篱，仿佛走进了一片清新的原野。

我听见，风穿过林间的叶子，沙沙地响。我看到，大片的竹林随风摇曳，落下斑驳的光影。我闻到，零星的花香阵阵扑鼻，如潮水一般在我身边流淌。

这样美好的时刻，内心温柔而妥帖。就让那些浅浅的流年，淡淡的伤感，随风而逝。留下的，都是欢欣与感动。

风，吹过我的窗前，翻起我的书页。

我顺着风的心思，拿起书，一页一页地品读。在书里，读"芳菲歇去何须恨，夏木阴阴正可人。"也读"荷风送香气，竹露滴清响。"

喝茶，读书，偷得浮生半日闲。直到夕阳碾压黄昏，天空出现绯红的晚霞。

抬头看看天空，伸手握住一缕风。内心，安静又清凉。

这个世界，有太多的兵荒马乱，也有太多的伤痛与别离。唯有心静，才能心安。用安静，抵挡岁月的洪荒。

哪怕受伤，也不哭不闹，只在寂静的夜里，默默地疗愈，默默地成长。

安静，是内心的一片清凉。把自己的世界，调成静音模式，不喧哗，不张扬，不忧亦不惧。

生命有聚有散，人生有起有落。无论繁盛还是颓败，无论遗憾还是残缺，都要学会接纳。

夏风有约，花期不误。深深懂得，淡淡释怀。一花一木，都是世间的美意。或悲或喜，都是生命的禅意。

做一个如风一般的女子，自由自在，热烈坦荡，洒脱随性，无挂无碍。不动声色地热爱着，欢喜着，奔跑着……

"一枕清风梦绿萝，人间随处是南柯。"风，吹起一汪清泉的涟漪，恍若内心的菩提，一圈一圈，荡漾在夏日的光阴里。

一壶清茶慰平生,半卷诗书许流年

一个"茶"字,拆开了便是"人居草木间"。茶,自带着草木的清香气息。
一个"书"字,是一颗心走在精神的阶梯上,小心翼翼,却又满怀赤诚。
一壶清茶,聊慰平生。半卷诗书,浅度流年。

一

喜欢茶,已十年有余。

从我喝第一杯茶的时候,那种清冽的山野气息,那种清新脱俗的优雅气质,便随着茶汤,一同流进了我的心里。

我知道,此生与茶结缘,便再也割舍不下了。

盛夏时光,烈日灼灼。一个人静坐一隅,泡上一盏茶,静静地品,慢慢地喝。

不去想经年的往事,不去管尘世的繁杂,也不去忧虑往后的岁月。只在这一刻,将心完全交付于茶。

茶遇水的瞬间,前世的记忆便慢慢苏醒。剥开一重重的困惑,释放一丝丝的迷茫,在水的怀抱里,茶的灵性,一下子舒展开了……

我仿佛听到花开的声音,花瓣一层层地打开,花蕊一点点地释放着馨香。

这是生命绽放的美丽,犹如一个人的重生。

这样的重生,必是经历了一段无人问津的孤独岁月,一个人艰难地支撑着,越过黑暗,走过泥泞,历经坎坷,终于在暴风雨过后,邂逅了一个优雅从容的自己。

二

茶叶随着沸水上下翻滚,茶烟袅袅,氤氲着细细的香气。那香里,似乎带着丝丝缕缕,沁人心脾的静,轻而易举地将夏日里的燥热打败。

端起茶杯,轻啜一口,第一道茶,苦苦的,像极了红尘中挣扎的芸芸众生。第二道茶,甜甜的,甜得像那一场让人无法忘怀的爱恋。第三道茶,醇醇的,像是厚重的生命,千般滋味,万般柔情。

"茶烟轻飏,薄雾弥漫。"茶味越喝越淡,淡淡的,淡如一缕清风。仿佛这世间的一切烦扰,都随着薄薄的茶烟,消散了……

淡,也是人生的归宿。

年少时,总喜欢鲜衣怒马的热烈,总觉得唯有轰轰烈烈,才不枉此生。

年岁渐长,越来越喜欢如茶一般的清淡。淡淡的,多好。

茶是淡的,淡而悠远。心是淡的,淡若一汪清泉,缓缓地流过山涧。

淡而不争,静静地守着自己的小世界。无需羡慕别人,只在自己的内心修篱种菊,恬淡且安然。

我知道,每个人都有自己的人生之路要走,无论平坦或泥泞,终需自渡。

万物归简,万事从容。愿你有一天,能尝到如茶一般淡然的滋味。在岁月的跌宕起伏里,怀一颗素简之心,淡看是非荣辱。

三

茶，本是山野之物，吸收着日月之精华，天地之灵气。高山云雾滋养着她，风风雨雨历练着她。

它如一位素朴的女子，着一袭清雅的绿裙，从山林深处款款走来，向世人展示着她无与伦比的美丽。

当它走进书房，与书摆在一起，茶香与书香，交织在一起，像是旷世的缠绵，唯美又深沉。

阳光透过纱窗照在她的脸庞。她的脸上，有了时光的印记，也有了岁月的痕迹。她变得更加成熟，更加厚重，更加内敛。

夏日午后，一个人，一杯茶，一本书，时光静默地让人心动。

梁实秋说："只要内心清静，即便在市场里，陋室里，都可以感觉到一种空灵悠逸的境界，所谓'心远地自偏'是也。"

茶淡淡地喝，书慢慢地读。在茶香书韵里，品味人生的酸甜苦辣，感受生命的喜乐与哀愁。

喝茶，冷眼观红尘。读书，静心度春秋。

茶，让人静心，书，让人自省。茶禅一味，心静如水。抛开浮华躁动之心，清空自己，接纳自己。以真诚，以柔软，以慈悲，面对自己，面对这个世界。

"心随流水去，身与风云闲。"一壶清茶慰平生，半卷诗书许流年。

空山染及一青绿,清风吹散世间忧

烈日灼灼,尤爱季节深处的那一抹青绿。

如果说,春天是娇艳的粉红色,秋天是成熟的金黄色,冬天是清冷的雪白色。那么,夏天,一定是生机盎然的青绿色。

一年四季,唯有盛夏的绿,足够葱茏。放眼望去,窗前、树下、书桌旁、茶台边……都有丰盛的绿。

夏日里最美的颜色,是青山、是翠竹、是碧荷、是青苔……是草木散发出来的清幽之色,是心底滋长出来的恬淡之韵。

深深浅浅的绿色,恍若一条长长的丝带,随着一缕清风,从深山老林蔓延开来。走到哪里,就把绿播撒在哪里。

这绿落在远山,便有了幽静之绿,空灵且干净。古人曾有诗云:"蝉噪林逾静,鸟鸣山更幽。"山林之绿,更显静谧。

一片竹林,疏疏篱落。一汪山泉,淙淙流淌。夏日午后,有风来踏影,有鸟儿衔来歌声。不管阳光多么炙热,影影绰绰间,自有一份清凉,落在心间。

青山绿水,清泉翠竹。恍惚间,似乎逃离了尘世的喧嚣,摆脱了红尘的烦扰,来到了向往已久的"世外桃源"。且听风吟,不问归期。

风,裹着层层的绿意,继续向前走。

这绿落在池塘,便有了"接天莲叶无穷碧"的诗意之绿,于心静中,疏解燥热。

曾经独爱莲之优雅与禅意,如今才发现,正是有了叶的托举与衬托,才有了莲的高洁与出尘。

莲叶田田,一层层地铺设在水面上,宛若熟睡的美人,有的侧卧,有的平躺,有的干脆翻着身打盹……一阵风吹过,莲叶随风舞动,袅袅婷婷,煞是好看。

若是再下一场雨,雨中赏莲,花更娇羞明艳,叶更青翠欲滴。雨滴,如晶莹的宝石,随着叶子,一滴一滴地滚落,直到落在池塘,荡起一圈又一圈的涟漪。

雨,浸润着莲叶,也洗涤着内心。心里的不安与躁动,随着滑落的雨滴,一点点消散。待雨停风止,青绿的莲叶复归于平静。内心,也在一片宁静中,慢慢舒朗。

最后的一抹绿,落在不起眼的台阶上。于是,有了"苔痕上阶绿"的寂寞之绿,青苔满地,寂然无声。

台阶上,屋檐下,马路边,夹缝里……都有青苔的足迹。它不争不抢,就这么安安静静地守着自己的一方天地。

袁枚曾有诗云:"苔花如米小,也学牡丹开。"世界那么大,即使渺小又何妨?就算被人遗忘,就算没有人来欣赏,也要一点点绽放。

它一朵连着一朵,一片接着一片,在那些小小的角落里,构建了一个绿色的世界。只一眼,便满目苍翠,满心清凉。

深山之绿,翠竹之绿,莲叶之绿,苔藓之绿,各种各样的绿,丰盈而饱满。

披一身绿意,从晚风中走来。看斜阳晚照,情深几许。观晚霞满天,浪漫缱绻。听倦鸟归巢,觅得心安。

月影落在窗前,洗去满身的烟火,褪去一身浮华,只留一份清朗在心间。

袖口里装满月色,眉目间长出清风,心底长出一条小径。小径的两旁,种下一行行绝句。绝句里,没有一个字,只有清清凉凉的绿。

空山染及一青绿,清风吹散世间忧。这个夏天,不妨寻一处青绿,安放灵魂。处变不惊,恬淡从容。

一切看淡，万般随缘

一

寒冬岁末，万物清冷。时而寒气凝滞，时而大雾弥漫，像是一首首忧郁的诗，裹着层层寒意，落在指尖。

吟读起来，有无处安放的伤感，有无法忘却的回忆，也有素简清雅的情怀。

拨开层层叠叠的迷雾，如烟的往事里，有写不尽的缠绵悱恻，也有一气呵成的畅快淋漓。

一阵寒风裹着眉目间的清寒，横扫而过。诗的韵脚，变得极浅极浅，渐渐远了，慢慢淡了。

所有的执念，也在这一刻，烟消云散。荒芜也好，明媚也罢，都随风而去。

不被往事束缚，才有迈向前进的步伐。就这么一直走，不要回头。把遗憾丢在风里，把洒脱别在腰间，把从容铭记心间。

从一月的月光清瘦走到二月的春水初生，从三月的桃花杏影走到四月的花事浩荡，从五月的蔷薇花开走到六月的半夏彼岸。

从七月的盛夏灼灼走到八月的秋风微凉，从九月的白露为霜走到十月的冉冉秋光，从十一月的寒灯纸上走到十二月的梅落南山。

四季铺好的宣纸上，光阴以花色染香，以白雪落笔，写下最后的落款。

在岁月留痕中，为你倾尽一切温柔。

二

在冬天的阳光中，在枯瘦的树身里，在寒梅的暗香里，留下"山重水复疑无路，柳暗花明又一村"的希望，留下"往者不可谏，来者犹可追"的信念。

想起朱德庸曾说："让我们每天带着希望出门，如果事与愿违，就再把希望带回家，休息休息，明天继续带出门。"

抖落半生风雪，也抖落所有的疲惫与不堪，抖落所有的迷茫与畏惧，抖落所有的失落与伤感。重新踏上旅途吧，去欣赏新的风景，去拥抱新的遇见。

往事已成定局，无需再提。向未来中走去，怀揣着美好的期望，一路前行，一路成长。一路探索，一路发现。

时间无法逆转，岁月不会停留。在这路遥马急的人间，我们被时光追逐着，奔腾向前。

与时光握手言和，与自己坦诚相待。不必在无关紧要的人那里，扮演自己不擅长的角色。好好做自己，无需凭借谁的光。

只待眉目舒展，与春如约相见。

每一朵雪花，都将融化出一个春天。冬日里失去的，春天都会一一补偿给你。

三

万物皆动人，莫负冬日里最后的一段好时光。

黄昏时分，阳光散落，落日的余晖用最后的色彩描摹人间，琥珀色的光芒往孤零零的树枝上洒了一层金箔，浪漫的晚霞给天边的云朵披上橙红色的薄纱。

心情，也被染成了甜甜的浅橘色。

一草一木，皆是温柔，一茶一书，都是浪漫。把脚步慢下来，静静地感受生活的美好。在烟火里谋生，在诗意里谋爱。

山高水长，依旧相信前路有光。

林清玄说："山谷的最低点正是山的起点，许多走进山谷的人之所以走不出来，正是他们停住双脚，蹲在山谷烦恼哭泣的缘故。"

浮生若梦，为欢几何？纵有三千烦恼，不如拈花一笑。以欢喜心，品味生活。以平常心，淡看人生。

与其苦苦挣扎，不如自在放下。与其犹豫彷徨，不如勇敢前行。

"行至水穷处，坐看云起时"。走过岁月的兵荒马乱，人生依旧云淡风轻。

心无挂碍，向内丰盈。把灼灼的期盼，把柔软的心事，提笔写进一首清新的诗行里，写进岁月无涯的洪荒里。

一切看淡，万般随缘。满怀赤诚，温暖纯良。

人生,是一场"次第花开"的修行

人生,是一场修行,修行的最高境界是修心。

修一颗出离心,远离烦恼,心无挂碍;修一颗菩提心,相信因果,因缘和合;修一颗慈悲心,心怀温柔,慈悲喜舍。

希阿荣博堪布在《次第花开》中说:

> 修行对你来说,是次第而行,是平凡而具体、每天都在做的一件事,像吃饭、睡觉那样。

书里的文字,唯美动人,又充满了人生哲理,处处散发着智慧的光芒。读着这些睿智的文字,内心也变得柔软起来。

此生,愿以红尘为道场,以世味为菩提,修得一世慈悲与从容。

烦恼,即菩提

生活,一半明媚,一半忧伤。岁月,一半飘零,一半静好。

人生之路,一半欢喜自在,一半烦恼丛生。

烦恼，是杜甫"感时花溅泪，恨别鸟惊心"的苦闷与无奈；是李煜"问君能有几多愁，恰似一江春水向东流"的伤怀与哀怨；也是范仲淹"明月楼高休独倚，酒入愁肠，化作相思泪"的离愁与别绪。

生活并不完美，作为普通人的我们，虽然没有惊天动地的悲伤，但依然各有各的烦恼。

每个人都有自己的路要走，或平坦、或泥泞、或坎坷……开心的、悲伤的、痛苦的……都需要自己去承受。

我们，在经历中成长，在困境中顿悟。

磨砺过，才会慢慢变得坚强。失去过，才懂得珍惜。离别过，才会明白重聚的意义。

《次第花开》有这样一段话：

> 只要有这个身体在，我们就必定经历衰老、病痛、死亡；只要心里还有贪执、嗔恨、困惑、傲慢，我们就必定经历痛苦。

痛苦并非凭空而来，造成痛苦的根本原因在于"我执"。打破内心的执念，才能直面痛苦。

林语堂曾说："一个人彻悟的程度，恰等于他所受痛苦的深度。"

所有的烦恼，都不在别处，只在心里，解脱也在心里。

烦恼即菩提，在迷与悟之间，顿生智慧。

在风云变幻的岁月里，修一颗澄明淡然的心。看淡得失成败，无畏人生沉浮，一路行走，一路菩提花开。

无常，是生命的常态

堪布在《次第花开》里写道：

> 时间刹那不停地流逝，冬去春来，花开花谢，人有悲欢离合，月有阴晴圆缺，万事万物都在变化之中，这就是无常。

生命本就无常，万物有生亦有灭。花开花谢，月圆月缺，每一件事物都是不断变化的。

哪怕是我们自己，也在不断变化。今日的我，和昨日的我，虽然依旧息息相关，但已经不是同一个我。

承认无常，并接受无常，并不代表悲观。相反，我们可以慢慢地放松下来。

有时，甚至我们也要感谢无常。因为无常，我们的生活不会是一潭死水。

因为无常，我们的生命充满了无限的可能性。因为无常，烦恼和痛苦也不会一直持续，我们终有重新再来的机会。

明白了人生无常，就会明白，一切都会过去，不管是成功的、幸福的、快乐的，还是伤感的、失意的、迷茫的……

种种经历，都是修行。在修行中，慢慢地培养自己的出离心、菩提心和慈悲心。

"一切有为法如梦幻泡影，凡因缘和合的事物都会耗尽，都是无常的，没有例外。"

深以为然。

人生有得有失，感情有聚有散，这都是常态。

当我们放下执念，不再纠结于一时的得失成败，内心就会变得清明、辽阔。看淡得失，聚散随缘。

堪布说："如果人们能够像观察自己脸上的斑点皱纹那样，去了解熟悉自己心念的活动，就不难发现每一个单纯而直接的当下都带着淡淡的喜悦。"

认清了生命的无常，就更加珍惜每一个现在。专注于每一个当下，内心安详，且愉悦。

人生，是一场修行

《次第花开》在结尾处写道：

修行不为再去成就什么，证明什么，而只是引导我们放松下来，慢慢去贴近本心。

人这一生，就是一个慢慢贴近本心、不断认知自己的过程。

从稚嫩到成熟，从懵懂到豁达，都是修行。修行自己，宽容别人。

如果我们缺少对自己的慈悲，很难真正对别人慈悲。向内观照，才能真正消除痛苦与迷惑。

慈、悲、喜、舍都是从内心的温柔中生起的。

修行是走一条路，一条通往我们内心最深远处的路。而在这条路的尽头，我们可以找到一种般若的智慧，这种智慧能够让我们了解到生命的真谛。

"修行之初，我们的心像高山上飞流而下的瀑布，喧闹杂乱；一段时间后，心变得像平原上流淌的河，不再水花四溅、势不可挡；再后来，心像大海，远看平静如镜，走到跟前还是会发现海面起伏的浪花；最后，心像高山，坚毅沉静、岿然不动。"

山一程，水一程，走过万水千山，终会明白：

生命中的很多东西，是可遇不可求的。一切随缘，顺其自然。

随缘不是得过且过，而是以豁达的心态面对生活。不强求，不刻意，不以物喜，不以己悲。

一切都是无我的。事物之所以无我，是因为它随缘生灭，缘起则生，缘灭则灭，这便是因果。

真正的修行，不必深居庙堂，晨钟暮鼓。人生处处是修行，修正内心，才能遇见更好的自己。

烟雨红尘，岁月荏苒。那些历经劫数，尝遍世间百味的人，对于人生会有更加深刻的感悟，也会活得更加生动，更加慈悲。

距离不远不近，感情不离不弃

这个世界上，没有人是一座孤岛。

人与人之间，就如雾里看花，水中望月。离得太近，就失去了美感。离得太远，又显得生分。

与人相处，最好的状态便是：乍见之欢，久处不厌。于千千万万人之中，遇到同频的人，惊艳了时光，温柔了岁月。

保持不远不近的距离，亲密有间，和而不同，久处而不累。

任何时候，别吝啬拥抱，别放弃尊重，别失去分寸。

距离，是爱情的留白

爱，是最高的情感奖赏。茫茫人海，与那么多人擦肩而过，遇到一个彼此相爱的人，实属不易。

张小娴曾经说过："爱情使人忘记时间流逝。你会忘记自己的年纪。六十岁的人也会以为自己只有十八岁。你会许下一生一世的承诺，忘记时间会改变一切。然而，时间流逝，也会使人忘记爱情曾经存在。"

时光亦逝，爱也容易被流光抛。好的爱情，需要用心去经营。

保持适当的距离，不刻意疏远，不强求亲近，给予彼此独立的空间，让爱自由呼吸，慢慢成长。

彼此眷恋，又彼此独立。不管是近在咫尺，还是隔着千山万水的距离，你都知道，有一个人，是深爱着你的。纵使星河璀璨，也总有一颗星，为你闪烁。

爱一个人，不依附，不纠缠。不必时时刻刻联系，不必任何时候都在一起。两情若是久长时，又岂在朝朝暮暮？

有了距离，思念也会变得更加缠绵悱恻。每一次见面，都变得更加有意义。每一次拥抱，都变得深情亲密。

距离，是爱情的留白。这份留白，让想念在内心疯长，让彼此的情感历经岁月变迁，依旧炽热滚烫。

因为有了不远不近的距离，每次想起，爱都是最初心动的模样。

距离，是亲情的懂得

亲人之间，也需要保持适当的距离。

就如花和叶，保持着相互成全的距离。就如云和月，保持着相互守望的距离。四时更迭，万物有序。

与父母相处，保持"一碗汤"的距离。太远了容易引起不满，太近了容易生出矛盾。内心保持对父母的尊重和孝敬，但也不必过多地被父母干预自己的生活。

与子女相处，避免以"爱"的名义掌控他们。

他们是孩子，但更是独立的生命个体。他们有自己的人生，我们能做的，就是把无条件的爱给他们，让他们学会成长，走出自己的人生道路。

唐朝诗人李冶在《八至》里这样写道：

至远至近东西，至深至浅清溪。

至高至明日月，至亲至疏夫妻。

世界上，最远也最近的距离，就是夫妻。夫妻，也早已成为了彼此生命中不可或缺的亲人。

夫妻相处，更需要距离。这份距离，是理解、是懂得，更是包容。理解对方的难处，懂得对方的心意，包容对方的小缺点。

即使与最亲近的人相处，也需要保持合适的距离。

尺寸之间，有温情，更有度。

距离，是友情的尊重

人人生而孤独。而友情，却可以让我们的人生缤纷而绚烂。

但朋友之间，并非越近越好。好的友情，需要把握一个"度"。既能愉悦自己，也能顾及对方的感受。

每个人心中，都有一处属于自己的角落。别人进不来，自己也不愿意走出去。保持距离，便是对彼此的尊重，也是对自己的保护。

尤今曾说："真正的友谊，是需要保持一定的距离的。有距离，才会有尊重；有尊重，友谊才会天长地久。"

适度关心而不过度干涉。保持适当的距离，是对友情的尊重和珍惜。就算很久没有联系，只要一见面，仍有惺惺相惜的默契。哪怕不说话，也不觉得尴尬。

因为岁月，早已把友情沉淀；因为距离，早已把友情锤炼。

距离，是心与心之间的真诚

一颗心与一朵花的距离，在于欣赏。一颗心与一个人的距离，在于接纳。一颗心与另一颗心的距离，在于真诚。

如果两颗心是近的，哪怕远隔天涯，距离也是近的；如果两颗心是远的，哪怕近在眼前，距离也是远的。

不管是爱情，亲情，还是友情，人与人之间的距离，殊途同归，都是心与心的距离。心与心的距离，可以近到触手可及，也可以远到形同陌路。

人生如尺，要有度。感情如面，别越界。君子之交淡如水，小人之交甘若醴。好的关系，都有距离感和分寸感。

陈果说："人和人之间要保持距离，距离产生美。靠的太近，我们就会看见对方越多的缺点。两块石头投入水里，太近太近，水波就越会互相干扰。"

没有距离感的人生，是一场灾难。不远不近，是一种境界，更是一种对度的把握。

距离不远不近，感情不离不弃。

最美的距离，是心与心的欣赏，是情与情的相惜。

用心去感受世界，用心去拥抱温暖，用心去丈量距离。

携一份懂得，怀一份真诚，传递爱和美好。

第四辑

本自具足，精神明亮

做一个精神明亮的人，不拘泥于是非恩怨，不困于过去，不忧虑未来，安然活在每一个当下。

做一个精神明亮的人，如一道彩虹昂首于风雨之后，呈现出从容不迫的优雅，和月白风清的淡定。

做一个精神明亮的人，给自己带来光亮，也给别人带来快乐。

做一个精神明亮的人

人生在世，活得就是一种态度。

这个世界上，无论你怎么做，都会有人喜欢你，也会有人讨厌你。

刻意讨好，只会委屈了自己。屈尊纡贵，只会让人得寸进尺。

莫言说："一个人，风尘仆仆地活在这个世界上，要为喜欢自己的人而活着。这才是最好的态度。不要在不喜欢你的人那里丢掉了快乐，然后又在喜欢自己的人这里忘记了快乐。"

漫漫人生，总会有几朵祥云为你缭绕。

每个人的立场不同，阅历不同，看待问题的角度自然也就不同。你无法强求所有的人，都理解你。

不是所有的鱼，都生活在同一片海里。你的苦衷，并不是所有人都能理解。你的委屈，并不是所有人都愿意聆听。

即便如此，你也无需垂头丧气。

这个世界虽然喧嚣，但归根到底，仍是你一个人的世界。你总要一个人面对所有的苦痛与伤悲，你总要一个人学着长大，学着坚强。

白岩松说:"有时候,我们活得很累,并非生活过于刻薄,而是我们太容易被外界的氛围所感染,被他人的情绪所左右。"

很多时候,我们无法改变糟糕的生活,也无法改变坏事的发生。唯一能够改变的,便是自己的心态,自己的情绪。

如果有人欣赏你,送你鲜花,那么就收下当作鼓励自己。

如果有人诋毁你,谩骂你,朝你扔粪土。那么也收下,用来栽种鲜花。

对于那些恶意的中伤,不必苦苦纠缠,保持沉默便是最好的态度。

你要做的不是怨天尤人,不是愤懑不平。而是试着接纳,有时候,接纳比对抗更有力量。

真正地接纳,就是"允许一切发生"。

真正的强大不是对抗,而是接纳一切发生。接纳伤痛,接纳遗憾,接纳世事无常,接纳聚散离合,接纳各种情绪,也接纳当下的状态……

心理学上,有个著名的"费斯汀格法则":

> 人生中10%的事件,是由发生在你身上的事情组成,而另外90%,则是你对事情如何反应决定的。

你的态度,直接决定了这件事情的走向。心大了,事情就小了。心宽了,烦恼就没有了。人间本无事,何必自扰之?

有些事情,原本不值一提,有的人也不值得你耗费时间,但你越是纠缠,事情就会越来越糟,甚至影响到你的精神,你的状态。

任何时候,永远不要为了不值得的人,不值得的事,耗费自己的时间和精力。

你的人生,还要去做更有意义的事情。做好自己该做的事情,好好爱值得爱的人。

其他的,都是人生路上的垫脚石。

做一个精神明亮的人,不拘泥于是非恩怨,不困于过去,不忧虑未来,安然活在每一个当下。

做一个精神明亮的人，如一道彩虹昂首于风雨之后，呈现出从容不迫的优雅，和月白风清的淡定。

做一个精神明亮的人，给自己带来光亮，也给别人带来快乐。

伤害你的人，是来渡你的

人生在世，总会遇到各种各样的人。

有人喜欢你，浅浅淡淡的喜欢，如同三月的风，四月的雨，带给你温暖与明媚。

有人讨厌你，莫名其妙的讨厌，你也说不清，道不明。却仿佛被一团乌云笼罩着，透不过气来。

有人爱你，爱你的天真与任性，也爱你偶尔的小脾气。爱，让你更加柔软，也更有力量。

当然，也有人伤害你。你甚至不知道，你哪里得罪了她。只是，你的出现，你的存在，便是她讨厌的理由，也是她伤害的借口。

曾经，遇到伤害，我会伤心，会难过，会一直反思：是不是我哪里做得不好？是不是，我哪里做得不对？想来想去，却更加难过。

但是，现在的我，不会如此纠结。我只把伤害，当做修行的一种方式。

红尘即是道场，人生处处是修行。

佛家有云：烦恼即菩提。那么，我想，伤害亦是菩提。

所有的烦恼，皆有心生。当我们真正接纳了烦恼，不再去妄想斩断烦恼，内心就有了自在，心境也会变得辽阔通达。如此，烦恼即可顿生菩提。

那么，伤害亦是如此。当我们真正地接纳了伤害，就会明白，其实所有伤害我们的人，都是来渡我们的。

世事无法尽如人意，但我只求无愧于心。

伤害，能毁掉一个人，也能成就一个人。

那些伤害你的人，在给你伤疤的同时，也给了你铠甲。

然而，那些伤害你的人，并不值得感谢。我们真正需要感谢的，是那个陪我们一起在苦痛中站起来的人，是那个虽然被伤害，但依然没有放弃的自己。

时过境迁，我们慢慢学会了放下，放下内心的苦痛，也放过自己。然后，学会了原谅，学会了释怀。

人，总要向前走，向前看。当我们看到远方更加广袤的世界，看到远方更加精彩的风景，那些伤害，那些伤痛，又算得了什么呢？

也许，有一天，当我们回首往事，只是淡然一笑。曾经的不堪，曾经的落寞，曾经的挣扎，都如一缕云烟，轻轻飘散。

那些让你曾经伤心难过的事情，终有一天，你会笑着讲出来。脸上，是风轻云淡的洒然。

而我们的内心，却会越来越温和，越来越慈悲。那是笑纳一切的达观，也是包容一切的豁达。

有人说："教会我们的不是岁月，而是经历。"不管我们遇到谁，经历什么，都是命中注定。

那些帮助我们的人，要记得感恩。那些伤害我们的人，也无需怨恨。

有段话说："无论你遇见谁，都是你生命中该出现的人，都有原因，都有使命，绝非偶然，这个人一定会教会你一些什么。"每个人出现在我们生命中，都是有原因的。

爱我们的人，给了我们温暖；为难我们的人，教会了我们成长；欺骗我们的人，让我们学会了认清这个世界；伤害我们的人，让我们学会了坚强。

漫漫人生，悲喜自渡。

感恩遇见，不负不欠。

所有的委屈，都是另一种成长

一

生活中，难免会遭受各种委屈。

有时，是被人误解，明明想解释，却怎么也解释不清，说得多了反而显得自己无聊。

有时，是自己不小心犯的错，想要找机会弥补，却发现怎么做都无法让别人满意。

有时，是自己努力了很久，依然无法达到预期的结果。想放弃，却不甘心。想坚持，却满是心酸。

如此种种，都会让你备感委屈。那种感觉，像是卡在喉咙里的一根刺，拔不出来，又咽不下去。

时间久了，心里难免会有各种情绪。难过的、伤心的、愤怒的……如一片乌云，笼罩在自己的头顶，挥之不去。

很想诉说，找一个能够理解自己的人，把内心的苦闷一股脑儿说出来。

可是，这样的一个人，何其难遇。

若是遇到了，便是自己的幸运。把自己的痛苦与委屈，和盘托出，说出来了，内心的情绪也就慢慢缓和了。

但大多数时候，这样的一个人，可遇不可求。茫茫尘世，每个人都在为自己的前途奔波，有谁愿意停下脚步，听你的无所谓的絮叨呢？

林徽因曾说："只有心灵相通的人，才有共鸣看人世间的潮起潮落；只有灵魂相近的人，才能看到彼此内心深藏的美丽。"

是啊，只有灵魂相似的人，才能读懂你的脆弱，抚慰你的委屈，陪伴你走过这一程的低谷。

如果遇到这样的人，请一定要珍惜。如果没有遇到，也没有关系。自己一个人也要学会坚强，很多事情总要自己默默抵抗。

二

那些说不出口的委屈，终会以另一种方式教会你成长。

人生在世，每个人都会遇到各种难处，各种委屈。当我们不能排解这些委屈的时候，愤懑就会产生。

然而，怨天尤人不仅于事无补，也会消耗自己的能量。当一个人长期处于压抑、迷茫、焦虑的痛苦之中，这些负面情绪就会吞噬自己。

能够把自己从泥沼里拉出来的，只有你自己。与其抱怨，不如改变。改变自己的思维认知，跳脱出负面情绪的牢笼，站在更高的角度看待问题。

即使被人误解又怎样？你无法奢求所有人的理解，也无法让所有的人都对你满意。

当你越在意别人的看法，就越容易被别人的看法绑架。你会越来越讨好别人，委曲求全，希望通过得到别人的认可，而获得信心。

可是真正的信心，来自自己的强大。当你的内心足够强大，你就不会执着于别人的评价。甚至当别人批评你、诋毁你的时候，你也可以坦然接纳。

接纳，本身就是一种强大。

允许别人的任何评价，同时也接纳自己的不完美。如此，你才能真正活出自我，获得内在的能量。

三

最好的生活状态，是内心有所期待，有所追求。不是贪图物质的享受，也不是寄托于别人的帮扶。

而是你每天都走在追求梦想的路上，有同行者、有鼓励者，也有支持者。当然也有嘲讽者、批评者。

但你不会因此而怀疑自己，否定自己。任何时候，不管经历怎样的境遇，都始终脚踏实地，朝着自己的梦想努力！

你会发现，曾经的委屈不值一提，曾经的痛苦蜕变出了更加坚强的自己。

终其一生，我们都在学着成长。咽下的委屈，长出来的，必是豁达的心胸和坦然的智慧。

与其纠结挂怀，不如淡然于心；与其找人诉说，不如自我疗愈。

朱迪斯·欧洛芙在《臣服的力量》一书中写道："臣服是一种与自己，与他人，与外界事物达成和解的艺术。它是懂得何时坚持，何时放下，全然拥抱当下的变化。"

臣服，也是一种力量。它可以让我们容纳人生所有的委屈。

这个世上没有平白无故的承受，所有的容纳，都会带来一个更好的自己，所有的委屈，都会用另一种方式回报给你。

你的经历，就是命运送给你的礼物。

你曾受的委屈，终将照亮你的前路。

放下执念，自在心安

这世间，有人执着于名利，有人执着于情爱。然而到了最后，一切都归于尘土，了然无痕。

到了一定年岁，便不再执着于外物。选择看淡，学会放下。

《断舍离》里说："放下执念，心才能回归安宁，放下期待，才能不被伤害。"

一念起，万水千山。一念灭，沧海桑田。执于一念，便困于一念。一念放下，万般自在。

懂得放下，才能更好地前行。

不念过去，不负当下

很多时候，我们忙着追忆过去，憧憬未来，却忘记了好好活在当下。

过去的种种，无论是悲伤，还是欣喜，已经成为过去。

过去的人，已经成为故人。过去的事，早已成为往事。与其念念不忘，不如选择放下。放下过去，才能清空内心的尘埃。

痛过了，便增加了一份智慧；哭过了，便增加了一份坚强；笑过了，便增加一份坦然。

张爱玲说："后来，我决定不再纠结一些事情，那些曾经日思夜想的人，和始终都没有答案的问题，突然就释怀了。我用执着，烧死了所有的幼稚和任性。那片荒野，慢慢长出了理智冷漠和清醒！"

忘记过去，并不意味着背叛，而是另一种新生。就像在曾经受伤的地方，撒下花籽，用岁月的清风和雨露去浇灌，等它慢慢地结痂，慢慢地开花。

活在当下，别在怀念过去中，浪费掉今天的生活。不再纠结，不再迷茫，不再彷徨。把时间和精力花费在值得的人和值得的事情上。

当一个人学会了放下，内心才真正地开始滋长力量。愿你不念过去，不负当下，不乱于心，不困于情。

接纳不完美的自己

这世间，有太多的猝不及防。有些事情无法预料，与其担忧不如坦然。有些事情无法改变，与其纠结不如接纳。

接纳，是一个人最重要的修行。我们终其一生，都在学会接纳。

接纳无法改变的过去，也接纳不完美的自己。

这个世界上，从来没有完美。每个人或多或少都有自己的局限性，有一些无法释怀的遗憾，也有一些说不出口的伤痛。

有时候，你会觉得自己不够好，因此感到自卑；你会害怕别人不喜欢自己，因此患得患失；你会觉得自己不值得被爱，因此委曲求全。

生而为人，不必抱歉。你需要做的，不是自我厌弃和讨好，而是接纳，然后改变。

任何时候，重塑自我的权利都掌握在你自己手中，决定你是谁的根本因素，永远来自于你的内心。

心理学家荣格曾说："没有一种觉醒是不带着痛苦的。"当我们成年，有了自己的想法，就要学会对自己的人生负责。接纳自己，接纳曾经的伤害，接纳全世界。

接纳，是疗愈的第一步。然后试着改变自己的思维方式，不断地让自己学习，突破原有的局限，把曾经那个弱小的自己，一步步拽到阳光下，去呼吸清新的空气，去看更加辽阔的风景。

爱自己，是终身浪漫的开始。愿每一个人，都可以通过自己的努力，接纳自己，改变自己，疗愈自己，爱自己！

放下执念，自在心安

人生就是一场体验，要勇敢，要尽兴，要自信，要坦荡。

来人间一趟，要看看夏风冬雪，春花秋月。要听听马蹄声响，溪水潺潺。也要好好爱自己，全身心地接纳自己，不管是意气风发，还是偶尔的失意落魄。

笑看风起云涌，淡看花开花落。懂得放下，生命才会更加饱满。放下执念，才能自在心安。不以得为喜，不以失为忧，顺其自然，随缘自适。

人生就是一个不断放下与妥协的过程，最重要的是要成为你自己，活出真正的自己，用自己喜欢的方式度过这一生。

放下执念，回归平凡的生活，珍惜身边的每一个人，认真对待每一件事，让内心丰盈而有力量。

有一句话说："对于未来真正的慷慨，就是把一切奉献给现在。"

心怀希望，努力向前。山高水长，天涯未远。

漫长的岁月里，让我们不慌不忙地坚强，不紧不慢地成长。

一花一世界，一叶一菩提，在时光的沉淀里，生出淡淡的愉悦与清欢。

苦乐随缘，安于当下

我们每个人，终其一生，都在追求快乐。不同的人生阶段，对于快乐的理解也会有所不同。

快乐，是一种美好的情绪，如春风一般温暖和煦，如春雨一般滋润心田。快乐可以愉悦自己，也可以感染别人。

快乐，亦是一种生活态度，活着不是为了迎合这个世界，而是用自己喜欢的方式取悦自己，活得开心快乐。

有人说："人生的快乐，有三重境界，第一重境界，是竞争性的快乐，也就是战胜了别人的快乐，是和别人比出来的快乐。

第二重境界，是非竞争性快乐，是和自己比出来的，是战胜了自己的快乐。

第三重境界，是无条件的快乐。无条件的快乐，意味着充满正念。就是我们时时刻刻，都能够跟当下产生联结。"

初级的快乐，是竞争式的快乐。上学时，成绩要比别人好，衣服要比别人漂亮。参加工作，要别人更加努力，晋升更快。结了婚，要比别人买更大的房子，更好的车子。

人生的快乐，似乎都来自于和别人对比，唯有超过别人，比别人好，才能得到快乐。然而，年岁越长，才会发现，这样的快乐，短暂而肤浅。

我们不可能一直比别人强，山外有山，人外有人。如果自己的快乐建立在比较上，一旦发现自己比不过别人，就会陷入深深的痛苦和迷茫中。

于是，慢慢地，就进入到第二层次的快乐：超越自己的快乐。这种层次的快乐，似乎比第一层境界高一些。

超越自我的快乐，是向内求的快乐，由外部的追求转化为内在的觉醒，用成长型思维来实现个人成长。这种快乐是由内心产生的，丰盈而有趣。

王阳明龙场悟道，悟出了"圣人之道，吾性自足"。圣人修行之道，无需外求，只需向自己的内心寻找力量，因为内心具足一切。

向内求的快乐，更加注重内心的感受，更加注重自我的成长。

最高层次的快乐，是无条件无意识的快乐。没有任何外在的内在的附加条件，好好地活在当下，与当下产生链接。

无条件的快乐就是至乐。我们无需外界的奖赏，也无需自我的评判，全身心地接纳自己。

能够与自己和解的人，才是真正快乐的人。能够与自己和解的人生，才是快乐的人生。

不管身处何时何境，是平坦是泥泞，都能欣然接受命运的安排。不执着于过去，不执着于未来，不执着于结果，不执着于悲喜。

人生最高境界的快乐便是：苦乐随缘，安于当下。

享受和体验充实而丰盈的人生。沉浸其中，忘记时间，忘记周围的一切，忘记所有的烦扰。只是一个人静静地，与当下融为一体。

看一朵花开，听一曲鸟鸣，喝一杯茶，读一本书，都是难得的欢愉。

用一颗热爱的心，去感受世间万物。在凡俗的生活中，种下希望，收获圆满。在清浅的诗意里，种下快乐，收获美好。

人生很重要的一种能力，就是无论身处何地，都能让自己快乐。

《次第花开》中有句话说："把快乐寄托在向外驰求上，就像喝盐水解渴一样，得到的越多越不满足。

如果人们不把快乐一味寄托于瞬息万变的外部世界带给人的刺激，那么快乐的感受是可以延长、扩大的。"

好的人生，不慌不忙。快乐的人生，淡定从容。

尘世浮华，不管是欢喜，还是悲伤，不管是喧嚣，还是宁静，简单平淡，随缘安然。

春已来，花已开，所有的美好都在来的路上。别想太多，好好地生活。

愿你心中有爱，眼里有光，用乐观的心看待世间万物，重拾快乐的自己。

真正的高贵，是优于过去的自己

我们从小接受的教育就是，要比别人更好。在家里，要比别的孩子更懂事；在学校，要比别的学生学习更努力，成绩更好；长大了，参加工作，要比别人薪资待遇更高。

似乎，从小到大，我们一直在与别人比，跟别人较劲儿。这种比较在短期内，也许可以激发潜能，成为前进的动力。但却很容易沦为虚荣的追逐。

为了超越他人，有人不择手段，忘却了品德与初心；有人过度关注他人，陷入内耗，失去自我，扰乱自己的节奏。

这样的攀比，让人的内心失去平静的力量。即使有一天功成名就，依然很难获得幸福。因为，永远有比我们更努力更优秀的人。

如果一味与别人比较，很容易滋生嫉妒心。内心的天平，一旦失去平衡，就会坠入黑暗的深渊。焦虑和迷茫，也会随之产生。

其实，人生真正的价值与意义，从来不在于和别人比较，也不一定非要比别人优秀。

人生真正的高贵，不是优于别人，而是优于过去的自己。

不与他人比较，而是不断自我超越。以过去的自己为镜，不断前行，方能抵达高贵的彼岸。

优于过去的自己，是终身的修行。每天进步一点点，不满足于现状，不停下成长的脚步，在岁月沉淀中雕琢更加优秀的自己。

我们不需要把自己的价值，建立在跟别人的比较之上。

别人有别人的精彩，你也有你的光芒。一朵花从不嫉妒另一朵花，它们只在自己的花期，优雅绽放。

我们不需要同别人比，别人再优秀，也是别人的事。我们也不需要和别人一样，每个人都有自己的成长时区。

有的人二十岁结婚生子，有的人三十岁还在追求自我，有的人四十岁重启人生，有的人五十岁开始创业。

有的人忙碌于重复的工作，有的人一生为了车房拼搏，有的人骑着一辆单车，走南闯北，也有的人喝茶读书，品味人生。

不要害怕自己暂时落后，也不要让别人影响你的生活。把目光往回收，把关注点放在自己身上。每个人的花期不同，不必焦虑自己何时才能开花结果。

脚踏实地，忠于自己的节奏，一步一步，成为自己喜欢的样子。在自己的时区里，一切都是最好的安排。

慢慢来，不着急。花会沿途而开，你以后的人生也是。

不攀比，不盲从，不焦虑。在自己的世界里，砥砺前行，绽放属于自己的精彩！

专注,是成年人最好的自律

这个快节奏的时代里,似乎每个人都在马不停蹄地追赶,生怕错过所谓的红利和风口。这山望着那山高,越来越多的人感到迷茫,焦虑。

有时候,什么都没做,却是满心的疲惫。其实,真正让我们觉得累的,并不是某件具体的事情,而是那些未知的情绪内耗。

所谓情绪内耗,大多是过多的忧虑所致。生活的琐碎,人际关系的复杂,事业上的压力,自我的期待……都在无形中内耗着我们的情绪和精力。

而真正让我们摆脱内耗的,是我们的专注力。

专注,是成年人最好的自律。

专注于当下,拒绝内耗

《金刚经》中曾云:"过去心不可得,现在心不可得,未来心不可得。"

专注于当下,做好当下的事,不胡思乱想。

当你敢于直面支离破碎的生活,不计较过去的得失,也不担心未来的变故,清醒地活在当下的时候,你就拥有了重要的力量。

听过这样一个禅宗故事：

> 有一天，修学律宗的有源律师问禅门的大珠慧海禅师："请问您修道有没有秘密用功的法门？"
>
> 大珠慧海禅师回答："有啊！每个人都有自己的密行。肚子饿的时候就吃饭，身体困时就睡觉。"
>
> 有源律师一听，疑惑地问道："一般人的生活，不就是每天吃饭睡觉，难道他们和禅师您的密行都相同吗？"
>
> 大珠慧海禅师摇摇头说："不同，不同！"他微微一笑，继续回答道："一般人在吃饭时，常常是百般挑剔，嫌肥拣瘦。看见有好吃的，就忍不住贪吃；不好吃的，就起嗔心不吃。该睡觉时不睡，却胡思乱想，千般计较，千般思量。"

是啊，虽然吃饭、睡觉是如此简单的事情，可又有多少人，食不知味，夜不能寐。

该吃饭时，就好好吃饭。该睡觉时，就安心睡觉。该工作时，就努力把它做好。活在每一个当下，便是人生最好的修行。

专注于每一个当下，足以摆脱内耗，治愈自己。

《了凡四训》中说：

> 人生之路是不可逆的，任何人都不可能重新来过、重新选择。不管你多么虔诚地沉浸在对失去事物的惋惜与痛苦之中，也于事无补了。

与其让自己沉浸在无法改变的过去，深陷无法预知的未来，不如好好活在当下。

能够决定未来的，只有当下的自己。专注于眼前的自己，才能掌控自己的人生。

不念过去，不畏将来，活好当下，如此，内心才能清澈明朗，不负此生。

专注于一件事，做到极致

清代纪晓岚说："心心在一艺，其艺必工；心心在一职，其职必举。"

专注地做一件事，胜过敷衍地做很多事。真正的高手，都是专注把一件事做到极致的人。

很多人缺乏的不是勇气和机会，而是持久的专注力。一个人把时间和精力花费在哪里，成就就会在哪里。

曾国藩在家书中告诫家人：

> 凡人做一事，便须全副精神注在此一事，首尾不懈，不可见异思迁，做这样，想那样，坐这山，望那山。人而无恒，终身一无所成！

每个人的时间和精力都是有限的，专注于某个领域，充分发挥自己的潜能，持续深耕，才能有所作为。

作家格拉德威尔提出的一万小时定律，其实就是专注的力量。专注一事，刻意练习，做到极致，然后奇迹就发生了。

在现实生活中，不管是哪个领域的高手，哪个行业的专家，都是非常专注的人，十年如一日地磨炼，持续精进，进而才能成为这个领域的大师。

如果你想成为一名真正的高手，那么，不妨培养自己的专注力，专注于一事，脚踏实地，孜孜以求。

不求多，但求精，不求散，但求专。

静得下心，耐得住寂寞。沉得住气，守得住孤独。终有一天，你也会成为很厉害的人。

专注于经营自己，是最好的自律

作家林清玄曾写过这么一句话："人生不过就是这样，追求成为一个更好的、更具有精神和灵气的自己。"

成年人最好的自律，就是专注于经营自己，提升自己，成为更好的自己。

王阳明，是中国历史上的传奇人物，也是阳明心学的集大成者。

他从小立志成为圣贤，学习道家、佛家、理学的学说，研习《周易》。两次科举落榜，步入仕途被一贬再贬。

后来在龙场悟道，提出了"圣人之道，吾性自足"的心学理念。

经历了人生的千险万难，在命运的九死一生之后，他终于悟透了圣人之道。把向外寻求和探索的目光，转向自身，转向内心。

事上磨炼，心上修行。专注于圣人之道，王阳明得以悟道，成为历史上可以与孔子齐名的"圣人"。

在这个纷繁复杂的时代，我们更需要专注于自己，从自己的内心获取力量。

不必拘泥于复杂的人际关系，当你优秀了，你身边自然会有更多的牛人。

不必羡慕别人的成就，把时间用在提升自己上面。给自己以时间，让自己去成长。

当你处于困境时，与其去奢求别人的帮助和同情，不如自己静下心来，改变自己，精进自己。当自己发生了变化，周围的一切也会随之而改变。

罗曼·罗兰说：

> 与其花很多时间和精力去凿许多浅井，不如花同样的时间和精力去凿一口深井。

专注，是一个人顶级的自律。

专注于当下，拒绝内耗。不缅怀过去，也不忧惧未来，只是安安静静做好当下的事情。

专注于一件事，做到极致。把时间和精力放在重要的事情上，保持足够的专注，长年累月地坚持。

专注于经营自己，提升自己。自己，才是一切的本源。任何时候，自己都是一切苦痛的终结者和拯救者。

当一个人学会了专注，人生就有了更多的可能性。

愿你在专注中自律，淡然处世，成就更好的自己。

让自律，成为一种习惯

漫漫人生，想要活得更好，就要学会自律。

如《少有人走的路》里所说：

> 解决人生问题的首要方案，乃是自律。缺少了这一环，你不可能解决任何麻烦和困难。

懂得自律的人，更有定力和毅力，也更容易成事。

让自律，成为一种习惯。

唯有自律，才能争取到自己渴望的人生。

自律不痛苦，假装自律才痛苦

说起自律，很多人的第一反应会觉得是苦行僧似的修行。

确实，要做到自律实属不易。既要克服自己的惰性，也要改变自己一直以来养成的习惯。

有的人，看到别人读书打卡，自己也一下子买了很多书，可是过了几个月，却连一本书也没有读完。只留那些文字，在时光里蒙尘。

看到别人跑步健身，练出了马甲线，自己也跃跃欲试，办了健身卡。可是，那股新鲜劲儿过去之后，健身卡就像秋天的蒲扇，被扔在记不起的角落里。

有的人，说要减肥，却经受不住美食的诱惑。大吃大喝之后，却又在内心谴责自己。

有的人，说要早起，坚持了几天之后，却依旧间歇性熬夜，关掉早起的闹钟，自律化为泡影。

如此种种，都不是真正的自律。

真正的自律，不是一味强迫自己去做自己本不愿意做的事情。而是打通内在的思维体系，是发自内心的喜欢与认可。

或者说，到了一定阶段，打心底里认为，自己需要做这件事情。

强迫性的自律，或者跟风性的自律，只会让自己产生抵触情绪，自己做起来很痛苦，也很难坚持下去。

作家李筱懿曾说："自律不痛苦，假装自律才痛苦。真实的东西都不累，假装出来的东西才最累。"

其实，当我们发自内心地热爱一件事情，自律就会变成本能。

热爱，是最深层次的自律。当你足够热爱一件事情，自律就会变得自然而然。无需刻意，无需督促，也无需强求。

自律，是内在的觉醒

自律，也可以让我们获得更多的自由。

每个人的生活中，都会有各种各样的约束。而摆脱束缚最好的方式，不是苦苦挣扎，不是强烈对抗。而是发自内心的自律。

自律，是内心的觉醒，是一个人自发性的自我管理。

即便没有人督促，自己也清醒地知道，自己需要做什么，能够做什么，自己想要什么样的人生？

为了这个目标，持之以恒，坚持不懈。

有的人，非常关注别人的评价。为了让自己看起来积极向上，便活在伪自律里。

看似运动健身、读书学习、认真工作……可是在没人监督的时候，便彻底放飞自我。

伪装出来的自律，只是给自己的人生上了一把锁，而钥匙却在别人手中。活在别人眼里的自律，看似自律，其实只是他律。

打破伪自律，敢于面对真实的自己。真正的自律，不是人云亦云，也不为立人设、贴标签。认认真真做自己，发自内心地想要去改变。

相信，所有的付出，都有收获。所有的行动，都有结果。

《你有多自律，就有多自由》这本书里有这样一句话：

> 自律的意义，正是促使你约束自己，收敛和更改毫无节制的放纵，凭借强大的意志力与坚持，去制定一套属于自己的做事原则，去建立稳定、规律的节奏和秩序，只有这样，一个人才能获得真正的自由。

人生，越自律，就越自由。

真正的自律，是成为更好的自己

有段话说："某个年纪前，你可以靠透支身体、小聪明和老天给的运气取巧地活着。某个年纪后，能让你走远的，都是自律、积极和勤奋。"

深以为然。不自律，只会让自己的人生走向越来越无助的边缘。而自律，可以让我们的人生拥有更多的可能性。

突破惯性思维的局限，才能遇见更好的自己。自律，是改变现状最好的方式。

余生，希望我们都能做一个自律的人。

管理好自己的健康。养成良好的生活习惯，坚持锻炼身体。这是我们需要用一生去践行的自律。

管理好自己的情绪。成年人最高级的自律，是管理好自己的情绪，不让自己的情绪失控，也不要让自己的情绪伤人伤己。

管理好自己的欲望。欲望是一把双刃剑，有利也有弊。如果一味放纵欲望，只会被欲望吞噬。不迷失于欲望的追逐，更能收获内心的平静与豁达。

当自律成为一种本能，我们就会享受到自律带来的收获与快乐。

给自己一点时间，每天进步一点点，循序渐进，慢慢地成为更好的自己。

真正厉害的人，都是不动声色的

高山不言，自有巍峨。大海不语，自有浩瀚。

辽阔的天空，白云会有，乌云会有，风雨雷电也会有。它们会消失，也会离去。而天空，依然在那里，岿然不动，不迎不送。

世间万物，变幻莫测。人生亦是如此，风雨迢迢，跌跌撞撞。该经历的都会经历，该失去的也无法挽留。

不断地失去，不断地成长。当我们拥有了敢于失去一切的勇气，内心便开始滋长力量。

不动声色，接纳一切。如山一般沉默不言，如海一般低调不语，如天空一般深邃邈远。

真正厉害的人，懂得沉默

沉默，是一个人看透之后的淡然，是看淡之后的不争。不争，故天下莫能与之争。

懂得了沉默，便有了一颗强大的内心，有了更大的格局，更高的境界。

不因一时得失而浮躁，不因外界诱惑而迷失本心。

沉默，是因为内心通透、自知。知道有些话不必多说，有些事不必计较。沉默寡言，只用行动证明自己。

不为不值得的人，不值得的事劳心费神。即使被误解，也无需黯然伤神。每个人都有自己的立场，改变不了，不如接受。

争辩的话，多说无益，不如不说，让事实证明一切。

真正厉害的人，都懂得适时的沉默。沉默，不是软弱，不是妥协，而是一种更有力量，更有底气的智慧。

有段话说："谁都没有比谁活得容易，只是有人呼天抢地，痛不欲生。而有的人，却默默地咬牙，吞下了委屈，逼自己学会坚强。"

留一份沉默给自己，历经山河岁月终会明白，唯有沉默，才是喧嚣尘世里最动听的声音。

做一个沉默的人，低调前行，静对人生的风云变幻。安安静静，做好自己的事情。

真正厉害的人，往往低调

《菜根谭》中说："鹰立如睡，虎行似病。"老鹰站立的时候，神态仿佛在睡觉，有一种慵懒的错觉。老虎行走的时候，姿态看上去像生病一样，迟缓而虚弱。低调的人，如鹰似虎，看似软弱，实则含蓄内敛。

真正厉害的人，往往都是谦虚低调的。因为有实力，所以内心足够自信，不需要张牙舞爪地表现自己。上善若水，如水一般滋润万物而不争，以谦逊的态度自我约束。

老子在《道德经》第二十八章里写道："知其雄，守其雌，为天下溪。为天下溪，常德不离，复归于婴儿。"

知道什么是雄强，却安守雌柔，甘愿做天下的溪涧。甘愿做天下的溪涧，永恒的德行就不会消失，从而回归到婴儿般的原始状态。

复归于婴儿,如佛陀拈花,迦叶微笑,内心没有恐惧,没有攀比,没有痛苦。只是安静地活在当下。

懂得"知雄守雌"的人,都是低调谦逊的人。懂得越多,就会越谦虚谨慎。

高调的人,是活在别人吹捧的世界里。而低调的人,是安静活在自己的世界里,不争不抢,不慌不忙。

做一个低调的人,享受踏实、安宁、深邃与充实的生活。

真正厉害的人,都是不动声色的

自信与底气,是由内而外散发出来的。真正厉害的人,都是不动声色的,苦而不言,喜而不语。

内心的悲伤,不需要逢人就说,留在岁月深处慢慢消化就好。内心的喜悦,也不需要大肆张扬,分享给知心的人就好。

苦而不言,是勇气。人生没有事事如意,总有低谷的时候。与其找人诉苦,不如自己默默站起来,扛起生活的责任。人生这条路,终究还是要自己走下去。

喜而不语,是智慧。不是所有的开心,都适合分享。分享错了人,就成了炫耀。人生多少事,不如淡然一笑。不招摇,不显山,不露水,踏踏实实做好自己的事情。

每个人都在经历苦乐参半的人生,各有各的不易。没有什么好倾诉,也没有什么好炫耀的。

不言不语,不卑不亢,让内心变得越来越柔软,越来越强大。

"他强由他强,清风拂山岗;他横由他横,明月照大江。"这是一种真正的强者心态,不管外界怎样,他都如清风、如明月,淡然处之。

天高云淡花自开,一任清风徐徐来。

在沉默中积蓄力量,在低调中丰盈生命。在不动声色中,成就自己。

熬，是一种智慧，亦是一种境界

漫漫人生路，有顺境，也有逆境。顺境时，不得意忘形。逆境时，不妄自菲薄。

人生没有过不去了的坎儿。任何时候，都不要放弃自己。即使身处逆境，也要熬得住，坚持下去，才能看到希望。

一

熬，是人生的智慧。

人生，就如一锅粥，越熬越浓。文火慢煮，才能熬出粥的香味。

人生，也如一壶茶，只有经过沸水的浸染，才能释放馨香。细细品味，方可品出茶的真味。

人生，亦如一条漫长的旅程。熬，便是连接起点和终点的节点。熬过去，就能抵达生命的美满。

生活中有很多事情，无法尽如人意，也有很多事情，我们也无法预知结果。

但我们，要学会熬的智慧，要有熬的能力。遇到困难的时候，咬咬牙熬过去，就能遇到柳暗花明。

遇到低谷的时候，平静自己的内心。不必苛责自己，也不必怨天尤人。在低谷中，自省吾身，默默积蓄力量。

遇到棘手的问题，耐着性子，熬过这个阶段。暂且放一放，缓一缓，换个角度重新看问题，寻找解决之道。

当你熬过去了，人生便是另一番光景。

回首凝望，那些曾经以为无法跨越的泥泞，终会走过。那些曾经以为过不去的难关，终会渡过。那些曾经以为解决不了的问题，终会解决。那些曾经以为攀登不到的高峰，终会登顶。

二

熬，是一种历练。

杨绛先生曾说："一个人经过不同程度的锻炼，就获得不同程度的修养，不同程度的效益。好比香料，捣得愈碎，磨得越细，香得愈浓烈。"

人生浮浮沉沉，唯有经过千锤百炼，才能华丽蜕变。

锤炼的过程，便是熬的过程。熬的是岁月，修行的是心态。

悲伤时，不必逢人就说自己的不幸，这个世界上，没有真正的感同身受。痛不在自己身上，别人永远无法真正懂得。与其奢求别人的同情与理解，不如自己振作起来，熬过最艰难的这段时光。

委屈时，不必试图解释。有些事情，本没有对错，只是每个人的立场不同。就算被误解，也不必抱怨。默默做好自己该做的事情，相信时间会给你一个满意的答案。

孤独时，要耐得住寂寞。《百年孤独》里说："人生终将是一场单人的旅行，孤独之前是迷茫，孤独过后便是成长。"每一段孤独的旅程，都是自我成长的绝佳时机。熬得过孤独，便能迎来生命的美好。

再难的路,也要一个人走下去。再难的人生,也要一个人熬过去。

熬着熬着,就能熬出强大的内心,就能欣赏波澜壮阔的风景。

三

熬,是一种境界。

有句话说:"其实,想要过好这一生没有什么技巧,唯一能做的就是慢慢地熬。"

好的人生,是熬出来的。

没有谁的人生,是一帆风顺的。生活中,既有平安与顺遂,也有意外与伤痛。

很多事情,我们无法完全掌控。只要努力过,便不留遗憾。

熬,不是屈服,不是逆来顺受。而是在煎熬中,积蓄生命的力量,脱胎换骨,如破茧的蝶,重获新生。

熬,是承受,承受自己该承担的责任,承受自己必须经历的磨难。

熬,是忍耐,忍得了一时的委曲,耐得住一时的寂寞。默然以对,蓄势待发。

熬,是接纳,接纳带有伤痕的过去,接纳无法避免的遗憾,也接纳那个不完美的自己。

慢慢地磨炼自己,激励自己,不断成长为更加成熟、更加从容的自己。

人生,不着急,不慌张,慢慢地熬。熬出最深的智慧,熬出最好的心态,熬出最高的境界。

熬过去,方得人生的精彩。

提升行动力,成就更好的自己

提升行动力,摆脱内耗

《论语》里曾有这样的记载:

> 季文子三思而后行。
>
> 子闻之,曰:"再,斯可矣。"

季文子是鲁国的大夫,凡事喜欢三思而后行,素以谨慎多虑而著称。孔子知道了以后说:"不必三思,二思即可。"朱熹后来也说:"君子务穷理而贵果断。"

其实,三思而后行,也是因人而异。对于那些优柔寡断的人来说,不必思虑过多,当断则断。对于那些急躁鲁莽的人来说,可以谨慎考虑,再做决断。

思是行的基础,行是思的结果。任何想法最后都要落实在行动上,否则就是一纸空谈。

生活中，有的人，就是因为思虑太多，而错失了很多机会。

想要做一件事情，却总是瞻前顾后，害怕自己做不好，担心过程不顺利。

也有的人总是在意别人的看法，迟迟不敢下定决心去行动。

很多事情，还没有开始做，就被自己脑海里的各种想法打败了。一拖再拖，拖出了焦虑和迷茫。如此，陷入无休止的内耗中。

而内耗的原因，就是自己翻来覆去的思考和反反复复的纠结造成的。

有时候真正阻止你行动的，就是那些未知的内耗。当你开始行动，内耗就在不知不觉中烟消云散了。

其实，很多事情，并不像我们想象中那么困难。只要你愿意开始，就能一步步扫清路上的障碍。

提升行动力，是成事的关键

叶华清院士曾说："办一件事，假设只有40%的把握，如果停在那里不动，就会慢慢变成20%的把握，最后变成零。但积极争取，可以将其变成60%、70%，最后将事情办成。"

如果你想做一件事情，不必考虑得面面俱到，只要有40%~50%的把握，就可以行动了。很多预想中的问题不一定会出现，而现实中出现的问题，也可以在行动中一步步解决。

与其在左思右想的内耗中纠结，不如在行动中不断完善。

提升行动力，才是成事的关键。

培养自己的微习惯，从小事做起，把自己的目标一步步细化，一步步实现。

如果你想读书，不必要求自己每天读一本书，刚开始只要能够坚持每天读30页就可以，慢慢养成习惯。

如果你想健身，不必强迫自己每天必须跑5公里，只要每天能抽出时间锻炼半个小时，每天坚持下去，慢慢地，你会收获一个更加健康的自己。

如果你想写作，不必一开始就让自己像大作家一样写出优秀的文章。从第一个字、第一篇文章开始写起。用文字记录自己的生活，用文字丰盈自己的生命。

给自己一点时间去努力，给自己一点时间去成长，只要你不放弃自己的梦想，终有一天，你也可以成为自己梦想的模样。

不必追求事事完美，而是在努力的过程中循序渐进，慢慢接近完美。

提升行动力，成就更好的自己

有一句话说："一个人的想法是0，执行力是1，从0到1，是最关键的一步。没有这一步，你永远都只是0，但只有走出1，你才可能走到100。"

当你有了想法，不必着急说出来。也许你只是想让身边的人监督你，也许你只是想表明自己的斗志。但很多想法说出来，有时候得到不是鼓励，可能是反对或者嫉妒。

目标的实现，从来不是依靠外力，而是自己内心坚定的信念，长期的自律。

当你有了信念和目标，自己的行动就有了更加明确的方向。当你养成了自律的习惯，所有的行动就会变得自然而然。

即使没有鲜花，没有响声，即使没有人支持你，也要一个人默默地努力。

把想法埋藏心底，你要悄悄地努力，然后惊艳所有人。

每天努力一点点，进步一点点，持之以恒，在时间的加持下，慢慢蜕变为更加优秀的自己。

想，都是问题，做，才是答案。

很多事情不是因为有希望了才去做，而是因为去做了才会有希望。

岁月漫漫，未来亦如星辰大海般璀璨。不必纠结于过去的半亩方塘，不必忧虑未来的前路茫茫。

改变自己的内心，把想法化作行动。

提升行动力，摆脱内耗的纠缠，释怀所有的纠结与焦虑。

提升行动力，悄悄努力，持续精进。

提升行动力，成就更好的自己！

真正的强大,是允许一切发生

漫漫尘世,是一个巨大的修罗场。每个人,都有自己要修行的功课。

执着于什么,便会被什么所困。

世间女子,大多容易被情执所困。对爱的人一往情深,对自己,却不懂得如何去爱。

而我们需要明白,每个女子终有栖息之地,不是别人,唯有自己。

一个人只有学会相信自己,爱自己,才能让自己变得强大起来。

相信自己,是对自己的笃定,即使面临人生的困境,依然怀有信心,相信自己可以熬过去,相信自己能够勇敢站起来,相信自己穿越暴风雨之后,会变成不一样的自己。

爱自己,是要无条件地爱自己,不管是贫穷还是富有,不管是美貌还是丑陋,不管是有没有人爱,你都要好好爱自己。

如果一个人连自己都不爱,怎么会有能力去爱别人呢?没有自尊的爱,只会让自己更加卑微,更加无助。

当你学会了相信自己,爱自己,你才能真正地接纳自己。

接纳，是生命最好的温柔。

接纳，也是一种强大的力量。

接纳，意味着允许一切发生。

允许自己偶尔的迷茫和焦虑，因为没有人可以一直乐观开朗。当你身处低谷的时候，也不要妄自菲薄，给自己一点时间调整状态，然后重新出发。

允许别人做别人，不把自己的价值观强加给别人。因为每个人都有自己的人生阅历，生活不同，观念不同，活法也不同。理解别人，也是尊重自己。

允许别人不喜欢自己，没有完美的人，我们自己身上，也或多或少有一些缺点，允许别人不喜欢自己，要有被讨厌的勇气。

允许自己做自己。不管别人怎么说，都要勇敢做自己。让花成花，让树成树，让别人成为别人，让自己做自己。

把时间和精力用在提升自己上面，而不是花费心思去猜测别人的想法，关注别人的看法。

尊重自我，不取悦，不迎合。尊重别人，不强求，不期待，让一切顺其自然。

无须在别人心中修行自己，也无需在自己心中强求别人。

明白了这一点，你就会从心底里生出爱和慈悲，接纳和包容。

真正的强大，是允许一切发生。

不必踟蹰于过往的忧伤，也不必纠结于所谓的遗憾，那些曾经受过的伤，流过的泪，终会化作一缕光，照亮前行的道路。

拒绝内耗，活出精彩人生

很多时候，你觉得很累，并不是因为身体累，而是精神内耗太严重。

当你，陷在情绪的沼泽里无法自拔，光是处理自己的情绪，就已经耗尽了所有的精力和能量。哪里还有时间和精力去做真正值得做的事情？

余华说："精神内耗，说白了就是自己心里的戏太多了。言未出，结局已演千百遍；身未动，心中已过万重山；行未果，假象苦难愁不展；事已毕，过往仍在脑中演。"

很多事情，还没开始做，就已经想好了最坏的结局；还未行动，内心已经预演了千百遍；结果还未出来，自己假想的困难一筹莫展；事情已经过去了，过往种种依旧在脑海中上演，遗憾与悔恨之情，难以言表。

如此种种，都是精神内耗。而真正厉害的人，都拥有"反内耗"体质。

不必过于在意结果，享受过程就好

当你太想要一个结果，就注定不会快乐。你种下一颗种子，如果天天盼着开花，难免会有所失望。可是，当你享受每天浇水的过程，就会自然而然地等来开花结果。

一个很好的成事心态，便是尽人事，听天命。你把自己能做的尽力去做，至于结果如何，交给天意。顺其自然，结果反而会更好。

如果一开始就盯着结果，太在意，太执着，往往会让自己陷入焦虑的内耗中。无法保持平静的心态，自己的能力也得不到最好的发挥。

无论是生活，还是工作，抑或是情感，都不要太在意结果，如此，你才能专注于做好眼前的事情。

有些事情，尽力了就好，不留遗憾；有些人，遇见就是最美的风景，以后想起依然感恩；有些感情，只要真心相待，就是最好的陪伴。

"有心种花花不开，无心插柳柳成荫。"但行好事，莫问前程。

不必太在意结果，你只管去努力，享受做每一件事的过程。

不必过于在意别人的眼光，活出自我

特别喜欢的一段话：

> 在你拍月亮或者日落的时候，你会发现拍出来的并没有真实看到的美，但你不会认为是天空不好看，因为你知道相机不能捕捉天空的美，你应该以同样的方式看待自己，事实是，你和晚霞一样耀眼。

如果你担心别人会怎么看你，他们就能奴役你；只有你再也不从自身之外寻求肯定，你才能真正成为自己的主人。

当你内心足够强大的时候，不管别人如何冷落你、拒绝你、诋毁你，你都不会轻易地自我否定，自我怀疑。

每个人都是一座待挖掘的宝藏，请你向内探寻，寻找生命的力量。每个人都有其独特的美，请不要因为欣赏别人而忘记喜欢自己。

我们终其一生，都在寻找自己，抵达自己的内心。当你理解了自己的心声，敢于活出自我，而不是纠结于外界的评判的时候，你才能真正看到自己的强大。

按照自己喜欢的方式过一生。一个人慢慢地向前走,一个人静静地省思,与兵荒马乱的人生,握手言和。

相信一切美好,都在来的路上。即使慢一点,也无妨。

不必过于忧虑未来,过好每一个当下

有时候,真的不必想太多,做好当下的每一件事,就是最好的修行。

心情不好的时候,读读书,散散步,晒晒太阳,或者好好地睡一觉,也比胡思乱想来得更实际一点。

做一个"反内耗"体质的人。

不必活在别人的眼光里,不必悔恨已经发生的事情,也不必忧虑还未发生的事情。

拒绝内耗,踏踏实实走好人生的每一步。过好每一个当下,当下即是永恒。

永远不要怀疑自己的价值,不要怀疑努力的意义。提升自己的行动力,脚踏实地,做好眼前的每一件事情。

与其焦虑未来,不如专注当下。给时间以时间,让一切美好的结果,自然而来。

只要一直在追光的路上,你的人生终会光芒万丈。

人生，没有太晚的开始

时光，恍若一条溪流，在喧嚣的尘世里，缓缓流淌，永不停息。

而我们每个人，就像一叶扁舟，在时光之河慢慢漂泊，途径岁月风霜，领略四季风景。每个人，都在朝着自己的梦想前进。

有的人，启程早，却始终没有抵达理想的彼岸；有的人，启程晚，却一路奋力向前；还有的人，在途中，迷失了方向，不知所终。

人生，是一场没有终点的马拉松，拼的从来不是速度。所以，你不必担心，自己跑得慢，只要坚持下去，也能跑出自己的精彩人生。你也不必担心，自己出发太晚，错过了最佳时机，只要你愿意开始，总会抵达想去的地方。

莫言曾说："人生没有太晚的开始，只有太早的放弃。你起步晚，未必没有好发展；你在人后，未必一直不如人。在原地侃侃而谈，未必有成绩；在途中全力以赴，一定有收获！"

当你觉得为时已晚的时候，恰恰是最早的时候。

任何时候，你都可以开始做自己喜欢的事情，不必用年龄和其他东西去束缚自己。年龄永远不是束缚自己的绑带，找到内心的热爱，生命的热情也会被激发出来。

摩西奶奶，曾经是一名家庭主妇，76岁开始画画，90岁作品畅销美国及欧洲。

王德顺爷爷，50岁才开始健身，79岁才上T台，连续4年，惊艳全场。

笹本恒子奶奶，71岁再就业，96岁失恋，100岁获奖。

恒子奶奶说："大家总是用年龄限制自己，限制别人。媒体上出现的我总是戴着多少多少岁的标签，但我觉得要学什么，要做什么工作，其实与年龄没有什么关系。"

我们的生活中，总有很多理由让自己放弃，比如身体不好，或是年龄大了，或是工作太忙，没有时间，就放弃了自己的追求。

放弃的理由有很多，坚持的理由只要热爱就够了。

如果你喜欢写作，不必担心自己没有基础，不必害怕自己写得不好，只要你敢于下笔去写，写下第一个字，写出自己的第一篇文章。写着写着，你会发现，原来写作并不难。

如果你喜欢读书，不必担心自己没有时间读，不用害怕自己读不懂，只要拿起一本自己喜欢的书，与书里的文字对话，沉浸于文字的世界里，用阅读开阔视野，用书籍滋养心灵。

如果你想要锻炼身体，不一定非要去健身房，下班路上，散散步，呼吸新鲜的空气，看一看路边小草抽出的嫩芽，闻一闻春天绽放的迎春花，听一听鸟雀的鸣唱……身心舒展，一整天的疲惫也会烟消云散。

人生没有太晚的开始，只要你愿意，一切都来得及。

喜欢的事情，就大胆去做吧，不用担心有没有结果，享受过程本就很美好。也不用担心别人的嘲讽，生活是自己的，与别人无关。更不用奢求所有人的理解，每个人都有自己的活法，在自己的世界里独善其身，在别人的世界里顺其自然。

　　花开成景，雨落成诗。人生，一程有一程的风景。不为过去而遗憾，不为未来而忧虑，我们要做的，就是把握当下，不负韶华。

爱自己，是一生的修行

王尔德曾说："爱自己，是终生浪漫的开始。也唯有从爱自己开始，才能懂得如何爱别人。"

一个不懂得爱自己的人，是没有能量去爱别人的。只有当我们发自内心地爱自己，才能真正地爱别人。

爱自己，是我们给予自己最重要的礼物，也是我们一生的修行。

爱自己，活在每一个当下

曾读到一段很治愈的话：

如果你抑郁了，说明你活在过去；如果你焦虑了，说明你活在未来；如果你平静了，才说明你活在现在。当你真正开始爱自己的时候，你就会睡得越来越早，也越来越喜欢锻炼，你不再纠结和焦虑，变得自信满满。去追求有意义的人和事，这个时候，你就会发现，人生才刚刚开始。

把时间分给睡眠,分给书籍,分给运动,分给花鸟树木山川湖海,分享你对这个世界的热爱。

人生一世,草木一秋。我们短短的一生,也如世间的一花一草,从开花、成熟,再到凋零,见证生命的轮回。

生命,是一场体验的过程,有喜有乐,有苦有悲。有时候,我们不必执着于曾经的遗憾,不必焦虑眼前的得与失,也不必过分担忧未知的以后。

如果一直对过去念念不忘,沉浸于过去的忧伤,无法自拔,只会让自己心生负累,郁郁寡欢。

如果总是担心虚无缥缈的未来,设想一切还未发生的事情,只会让自己越来越焦虑,迷茫不堪。

曾国藩有言:"物来顺应,未来不迎,当时不杂,既过不恋。"

人生最好的状态,便是既往不恋,未来不忧,当下不乱。

一个爱自己的人,懂得活在每一个当下。不纠结过去,不忧虑未来,放下杂念,专注做好当下的每一件事。

一个人,只有活在当下,内心才会平静。安于当下,把所有的注意力集中在当下的时刻。好好生活,认真做好自己该做的事,人生也会充实很多。

爱自己,接纳不完美的自己

生活中,总会有一些人,喜欢苛求完美,对自己不满意,习惯性欣赏别人的优点,却总是对着自己的缺点挑剔。

其实,没有人是完美无缺的,一个爱自己的人,懂得接纳不完美的自己。接纳自己的缺点,才能看清自己的局限。接纳自己的局限,才能认清真实的自己。

我们终其一生,不是为了获得别人的认可,而是学会接纳不完美的自己,拥抱自己,成为更好的自己。

每个人都是独一无二的,都有自己的闪光点。我们要做的,就是找到自己的优势,并且努力发扬,让它成为我们的闪光点。

允许自己犯错,在错误中吸取经验。人生没有白走的路,每一个错误里,都蕴含着成长的礼物。

如果只是一味地在错误中指责自己,纠结于自己的失败,只会阻挡自己前进的脚步。

一个人的成长,不是一蹴而就的,必然会经历挫折与探索,才能变得越来越好。

接受自己的不完美,用成长型思维历练自己,目光长远,保持初心,向下扎根,向上生长,不卑不亢,坚定向前。

爱自己,是一生的修行

人这一生,真正爱你、疼惜你的人并不多。所以,你要学会好好爱自己,善待自己。

当你爱自己的时候,你会非常珍惜每一天,用心地活在每一个当下。不再迷茫,不再焦虑,脚踏实地,勇敢追寻自己的梦想。

当你爱自己的时候,你会全身心接纳自己,接纳生命的一切给予。好的就当是恩赐,坏的就当是历练。

当你爱自己的时候,你就会活成一束光,温暖而明亮。去看看清晨的朝阳,去听听鸟儿的欢唱,去欣赏山水湖泊,感受自然万物的美好。

周国平说:"所谓幸福,不是活成别人那样,而是能够听从自己内心的生活。"

生活是自己的,人生也是自己的,生命所有的美好,都是属于自己的感受。

重新审视自己的人生,从容淡定做自己,每天多爱自己一点点,你的生活也会越来越好。

爱自己,是一生的修行。来人世间一趟,一定要好好爱自己,因为人间值得,你亦值得!

放下，是最高境界的断舍离

漫漫人生路，学会放下，才能更好地前行。

放下，是一种通透的智慧，不再自寻烦恼。放下，是一种取舍的能力，不再纠结内耗。

放下，是治愈一切的良药。忘记不好的事情，清除内心的苦闷，不再苦苦纠缠，不再耿耿于怀。

把自己的时间和精力用在更有意义的事情上，让自己变得更加强大、更加优秀。

放下无谓的纷争，放下无用的攀比，让心归零，专注于提升自己。

不问是非，不惹尘埃。学会放下，过好自己的人生。

放下无效社交，学会独处

心理学家阿德勒曾说，人类的烦恼皆源于人际关系。

行走于繁华尘世，难免会与形形色色的人打交道。好的人际关系，可以提升我们的幸福感。糟糕的人际关系，不仅会影响到我们的心情，也会让自己变得怯懦、自卑。

有些人为了提升自己的人际关系，不断地扩大自己的社交圈。参加各种聚会，结识更多的朋友，链接所谓的"大咖"……结果把自己搞得一身疲惫。

可是，当自己需要帮助的时候，却发现没有一个愿意帮助的人。

那些靠自己浪费时间和精力维护的关系，在此刻显得如此不堪一击。

与其把自己的时间浪费在无意义的社交，不如学会独处，专注地提升自己。

当你越来越优秀了，你的身边自然会吸引更多优秀的人同行。

放下无效社交，精简自己的社交圈子。真正的朋友无需太多，好友知己三五足矣。

更多的时间，学会独处，在静默中安放自己的灵魂，收获内心的平静与精神的丰盈。

在独处中，默默提升自己，收获一个更加独立、更加优秀的自己。

放下情绪内耗，勇敢前行

人这一生，最怕的就是情绪内耗。

生活的琐碎、工作的压力、自我的期待、人际关系的繁杂……都在无形中内耗着我们的情绪。

如果一个人长期内耗，就会变得情绪低落，压抑苦闷。内耗越严重，内心就越混乱，无法专注地做自己该做的事情。

这种自我损耗的行为，不仅让自己备受折磨，消耗自己的能量，也在无形中消耗自己的人生。

摆脱情绪内耗，才能让我们从无处不卷的人生中解脱出来，找到内心真正的力量。

放下生活里的斤斤计较，不翻旧账。如果心里总被那些不开心的事填满，哪里还有空间承载快乐和幸福呢？

对于那些偶尔发生的小摩擦、小矛盾，不要过分计较。放下小过错，才能遇到大幸福。遇见不开心的事，看得开，放得下，人生才会从容。

放下与别人的嫉妒和攀比。嫉妒和攀比，不仅破坏人际关系，还容易让人迷失自我，迷茫而痛苦。

与其羡慕别人，不如静下心来，学习别人的优点，弥补自己的不足。把羡慕当做一种动力，提升自我。

放下过度依赖。人生的旅途中，没有人可以一直为你遮风挡雨，没有人可以让你一直依赖。过度地依赖别人，就是把自己的安全感建立在别人身上。

戒掉过分依赖，才能让自己慢慢成长起来。与其向外寻求依赖，不如向内积蓄自己的力量。

放下过度的敏感和焦虑。太过敏感的人，会因为生活中的一些小事，而内心想得太多。想得太多，就会陷入内耗中。

提升行动力，拒绝内耗。把时间和精力放在重要的事情上，一步一步积极行动。焦虑也会在不知不觉中烟消云散。

将有限的精力，用来提升自己，比情绪内耗更有意义。

人生漫漫，告别内耗，才能调整好自己的状态，过好自己的生活。

放下，是最高境界的断舍离

作家林清玄说："当我们活在当下的那一刻，才能斩断过去的忧愁和未来的恐惧；当我们斩断过去的忧愁和未来的恐惧，才可以得到真正的自由。"

学会看淡，烦恼才会烟消云散。学会放下，才有更多的时间和精力拥抱明天。

人生，既要拿得起，也要放得下。拿得起，是一种能力，放得下，是一种境界。

《菜根谭》曰："风来疏竹，风过而竹不留声；雁渡寒潭，雁过而潭不留影。故君子事来而心始现,事去而心随空。"

风吹过竹林而不留声,雁飞过水面而不留影,有智慧的人,事情来临时本心出现,事过而不留心,一切归于空寂。

真正地放下,便是如此这般不执着、不强求、不贪恋、不攀附。

放下,是人生最高境界的断舍离。人生的很多痛苦,并不是得到太少,而是放不下的东西太多。

放下无效社交,专注于提升自己。放下情绪内耗,用心生活,坦然无惧。

放下不必要的执念,放下沉重的欲望,放下思虑和杂念,放下内心的桎梏,人生才能快乐前行。

一念放下,人生才会自在从容。愿你内心山河壮阔,相信人间依旧值得!

屏蔽力，是一个人顶级的能力

没有一个人，是一座孤岛。不管是生活里，还是工作中，我们每个人都不可避免地要与外界产生联系。

但如果，过于关注外界信息，过于在乎别人的看法，就会使自己陷入无休止的内耗中。自己的时间和精力，也被浪费掉了。

真正厉害的人，都拥有强大的屏蔽力。有段话说："屏蔽力是一个人最顶级的能力，不要去窥探别人的生活，也不要去揣测别人的想法，更不要陷在过去，也不要忧虑未来。

任何消耗你的人和事，多看一眼都是你的不对，把时间和精力还给自己，在声色名利中守住本心，在纷纷扰扰里信步前行。"

屏蔽外界声音，从容做自己

我们每天都在被动接受各种信息，如果没有足够的屏蔽力，过滤掉无用信息，抵御负面信息，它们就会在大脑里堆积，长此以往，就会影响我们的正常生活。

修炼屏蔽力,就是要学会屏蔽那些与自己无关的信息,屏蔽别人的情绪和评价对自己产生的影响。

生活中,不管你做得多好,都会有人质疑你,讨厌你。如果过于在乎别人的评价,就是把自己人生的主动权交付给别人。

三毛曾说:"我们不肯探索自己本身的价值,我们过分看重他人在自己生命里的参与,过分在意别人的评价。"

我们无法阻止别人的闲言碎语,但我们可以选择屏蔽。唯有屏蔽外界的纷纷扰扰,才能真正活出自己,聆听到内心深处的声音。

提高自己的屏蔽力,从容做自己。正如林清玄所说:"我要开花,是因为我知道自己有美丽的花;我要开花,是为了完成作为一株花的庄严使命;我要开花,是由于自己喜欢以花来证明自己的存在。不管有没有人欣赏,不管你们怎么看我,我都要开花!"

屏蔽无用的信息,屏蔽别人无关的看法,发自内心地爱自己,人生才能如花般优雅绽放,如行云般悠然自在。

屏蔽无效社交,专注做自己

很多人喜欢游走于各大社交场所,结交所谓的朋友,误以为这就是结交人脉。每天忙得不可开交,最后却一无所获。

但事实上,成年人的世界里,人脉是需要等价交换的,你没有价值,你的社交也没有太大意义。

玻璃大王曹德旺曾说:"我没有什么朋友,也没什么圈子,没什么意思"。

当别人在年会晚宴上推杯换盏的互相攀谈,结交人脉时,他一直在自己的座位上安安静静地享用美食。

正是凭借这种强大的屏蔽力,他踏踏实实地把自己的企业做强做大。

与其忙碌于所谓的人脉交际,不如自己沉下心来,好好充实自己,历练自己。

当我们把时间和放在自己身上,你会发现自己变得越来越好,你的社交价值也会越来越高。你的专注力在哪里,成长就在哪里。

专注力的底层逻辑,其实就是屏蔽力。如果你不会屏蔽喧嚣的信息,不会屏蔽无效的社交,不会屏蔽别人的看法和评价,你就无法专注去做好自己真正要做的事情。

不必浪费时间在与自己无关的信息上,屏蔽它们,花更多的时间提升自己。

屏蔽负面情绪,快乐做自己

人生,是一场旅行。我们来人间一趟,不是为了感受痛苦,而是为了体验快乐。

也许,人生在世,总有些人会打扰你的生活,总有些事会影响你的情绪。我们没有太多精力去纠缠这些琐事,我们也没有必要把太多的人、太多的事,请进我们的生命。任何时候,都不要为了不值得的人、不值得的事消耗自己。

每个人都是有自己的磁场,我们可以与同频的人快乐相处,不同频的人适当远离。在懂你的人群里散步,在喜欢你的人那里热爱生活。

"不要把自己逼到抑郁,不要把自己气到一身病,所有的事情,除了生死都是小事。不开心就要表现出来,讨厌的人就远离,不想理的人消息就不回,不想看的脸色就不看。"

远离负能量的磁场,负能量就影响不到你。

修炼强大的内心,提升自己的屏蔽力。屏蔽那些消耗自己的负面情绪,就像除去花园里的杂草,让阳光照耀脸庞,让花香弥漫心间。

走好自己的路,人生自会豁然开朗。不必强求所有人的理解和喜欢,永远相信自己,爱自己,救赎自己,快乐做自己。

愿你我都能提升自己的屏蔽力,不内耗、不炫耀、不攀比,不忧过去,不惧未来。好好做自己,努力提升自己,享受属于自己的精彩人生。

有一种智慧叫做：不自证

生活中，有这样一种人：他们敏感善良，却不善言辞。他们很容易在意别人的看法，也容易受周围环境的影响。

他们总是活得小心翼翼，谨小慎微。别人的一句话，一个眼神就会让自己胡思乱想，生怕自己做得不好，引起不必要的误会。

但事实是，不管你做得多好，都会有人挑剔你、误会你，甚至嘲讽你、打击你。然后，你一次次地解释证明自己，陷入"自证"的内耗。

而你一旦开始自证，试图证明自己的清白，倾吐自己的委屈，就在不自觉中落入了"自证"的陷阱。

当你深陷"自证"的泥潭，你会发现自己百口莫辩，甚至越描越黑。因为，这时你已经开始跟着对方的思路去思考问题了。不但无法证明自己，还会浪费自己大量的时间和精力。

三毛曾说："你对我的百般注解，不构成万分之一的我，只展示一览无余的你。"

每个人的想法，都带有强烈的主观意识。不管别人是有心还是无意，那些负面的评价，都会影响到自己的情绪。

与其在"自证"的泥潭里越陷越深，不如跳出"自证"的怪圈。走自己的路，让别人随便去说吧。

嘴巴长在别人身上，你永远无法左右别人的言语，但你可以调整自己的心情和状态。换个角度，不必过于在乎别人的看法，好好做自己就行。

不随便定义任何人，也不被任何人随意定义。

漫漫人生，总会有几朵祥云为你缭绕，总会遇到喜欢你的人、理解你的人、真正懂你的人。在懂你的人群里优雅漫步，在不喜欢你的人那里，学会沉默。挥一挥衣袖，不带走一片云彩。

没有必要向不理解你的人，一遍遍地解释自己。在一切误解与诋毁面前，无视是最聪明的回击，沉默是最有力的反抗。

想起一位作家曾在文章里讲述自己的亲身经历。

当他写作小有名气时，身边有朋友提醒他，出名是把双刃剑，盛名之下也要承担相应的后果。

当时，他并未在意，心想只要自己洁身自好，踏踏实实写文章，应该不会有什么事儿。

可是他还是低估了别人的恶意，有人说他抄袭，有人说批评他文章写得不好，甚至有人抨击他生活作风有问题。

刚开始的时候，他不停地解释，试图证明自己的清白，但越解释内心越憋屈。后来，他干脆不解释了，任凭别人怎么说，他也不去理会，反而轻松了很多。在写作上，也取得了更大的成就。

有句话说："人生苦短，不做自证。永远别自证，谁质疑谁举证。不要为了向谁证明，就搭上自己的时间和精力，自证的后果往往就是陷入对方的要求，你的逻辑被人降位成讨好方。"

事实上，证明谣言是谣言，比证明真相是真相，更加困难。

人际关系中，有一种智慧叫做：永远不自证。要明白，被人误会，不被理解,是生活的常态。

在自己的世界里独善其身,在别人的世界里顺其自然。

不自证、不解释、不纠缠,专注做好自己,就是最好的修行。

敬畏因果，人生自会美好

人生在世，听过的道理千千万。年岁渐长，慢慢明白，万法皆空，唯有因果不虚。

因果，顺应的是自然法则。"种瓜得瓜，种豆得豆。"种下什么样的因，就得到什么样的果。

相信因果，不是迷信，而是一种智慧。

顺受其果，不种其因

万事万物都在不断地变化着，唯有因果关系如一条铁律贯穿其中。

因果，是每个人都避不开的规律。我们所做的每一个选择，都决定了今后要面临的果报。

"种其因者，须食其果。"我们所做的每一个决定，都会在未来以某种形式回馈到我们自身。我们当下所收获的，不管是甜美的果实，还是苦涩的后果，皆由我们种下的前因所致。

苏东坡曾问大师："在这恶浊的人世间，如何才能超脱？"

大师微微笑道："顺受其果，不种其因。"

世间之事，都离不开因果二字，当我们悟透了因果，我们的内心就会更加坦然，也会更加敬畏人生。

人，一定要相信因果。明白了因果，就能理解和接受所有的结果，避免种下恶果之因。如此，我们才能从尘世的种种困扰中解脱出来。

即使面对突如其来的恶果，也能洞悉背后的因缘，从容以对。看透恶果，并非让我们沉溺于过去的错误中，而是从内心生出"知止"的力量，知止而后定。

在人生的道路上，我们要敬畏因果，以因看果，以果循因，谨慎地做每一个决定，不给人生留下太多遗憾。

每个人，都活在自己的因果里

有句话说："无论你遇见谁，他都是你生命该出现的人；无论你走到哪里，那都是你该去的地方；无论你经历什么，那都是你该经历的事。"

漫漫人生，一切因缘际遇看似无常，其实都有命运埋下的伏笔。我们每个人，都活在自己的因果里。

你当下的状态，就是过去的累积。如果你此刻正在享受成功的喜悦，那是之前你努力的结果；如果你此刻正处于人生的低谷，那是在为你之前的错误埋单；如果你此刻平静祥和，那是你历经沧桑，修炼出来的从容淡定。

回首往事，你会发现，人生所有的变化，都是当初一个又一个看似不起眼的选择决定的。你是什么样的人，就会遇见什么样的人。你做什么样的选择，就决定了过什么样的人生。

越是智慧的人，越懂得敬畏因果。即使生活中有诸多不如意，但他们依然会努力做好自己的事，知道自己需要做什么，能够做什么。他们会一步步成为自己喜欢的人，活得勇敢，活得坦荡。

这个世界上，从来没有无缘无故的好运，只有因果相随，相辅相成。

今日收获的果，俱是往日种下的因；今日种下的因，又会成为未来结出的果。不必心存侥幸，不必幻想不劳而获，踏踏实实地付出，才能有所收获。

凡事皆有因果，谁也逃不出因果。相信因果，才能积极改变。人生最好的态度，就是因上努力，果上随缘。

王阳明曾说："人间道场，淤泥生莲，世间磨难，皆是砥砺切磋我也。"

人生就是一场修行，相信一切发生皆有利于我。我们遇见的每个人，每件事，都在成就我们。

但行好事，莫问前程。但问耕耘，深信因果。

不必介入别人的因果

有一句话说："不要过多介入别人的因果，也不要让别人介入你的心。"在人际关系里，盲目同情对方，就会让自己背负对方的命运。

有些人总喜欢以拯救者的角色介入别人的因果，可是，有些人是叫不醒的。能够拯救自己的，只有自己。

理解他人的局限，也是放过自己。把历练的机会，把成长的权利，还给对方，哪怕他是你最亲近的人，也要尊重他的选择。每个人都有选择的自由，最终决定了自己的命运。

心理学家荣格曾说："你连想改变别人的念头都不要有。要学习像太阳一样，只是发出光和热。每个人对阳光的反应不同，有人觉得刺眼，有人觉得温暖。种子破土发芽前没有任何迹象，那是因为还没到时间。永远相信每个人都是自己的拯救者。"

每个人来到人世间，都要靠自己修行，在风雨中成长。

"有心者有所累，无心者无所谓。"不用别人的错误惩罚自己，把自己看得空无一物，就没有任何人，任何事能够伤害你。

每个人都有自己要走的路，不必过多介入别人的因果，也不必强求所有人对你的喜欢和认可。曾经那些你理解不了的人和事，参不透的局，时过境迁，也会放下和释然。

　　读懂因果，就读懂了命运。

　　相信因果，是一种成长。

　　敬畏因果，人生自会美好。

第五辑
岁月静好,未来可期

心安了,人就静下来了。心静了,万事就明朗了。看得淡,想得开,阳光下灿烂,风雨中奔跑。

做一个内心柔软且强大的自己。淡看世事沧桑,内心安无恙。

新的一年:愿你努力向上,活得光芒万丈

时光静默无言,岁月如水流逝。

仿佛就在不经意的弹指一瞬间,旧年已近尾声,新的一年即将开启。

一捧细沙里,悄悄流走的是回不去的时光;一盏香茗里,细细品味的是往昔平淡的美好;袅袅檀香里,挥之不去的是对未来的憧憬与期盼。

过去的一年,不管有多少委屈与心酸,有多少欢乐与遗憾,都留在了时光的转角处,一一封存。

新的一年,承载了太多希望。如一道光,照亮眼前的灰暗;如一朵花,开在心底的花田,释放着缕缕馨香。

新的一年,做一个内心有阳光的人,温暖自己,也照亮别人。

新的一年,告别过去,勇敢做自己

过去的一年,也许你经历了很多无助难挨的时刻。有过迷茫、有过挫败、有过焦虑,甚至想过放弃……

但你都一个人熬了过来。因为你知道,越是艰难的时候,越要守得住内

心的信念。那些打不倒你的，终将使你越来越强大。

所有的坎坷，终会跨越。所有的挫折，终会成为你前进路上的垫脚石。

不必自责，即使有些事情并没有达到你的预期，即使有些人与你渐行渐远。你只要努力尽人事，问心无愧就好，剩下的就顺其自然吧。

不必羞愧，不必觉得自己事事不如人，每个人都有自己的优势，都有适合自己的节奏。不是每朵花都在春天开放，在属于自己的花期绽放自己的美好。

不必留恋过去。过去的一切，都已经成为过去，无论好的坏的，都化作一缕尘烟，随风飘散。如果内心一直放不下过去，又怎能敞开怀抱拥抱当下和未来？

不必忧虑未来。有时候人的害怕来自于对未知的恐惧。但你要知道，该发生的，你阻止不了。不会发生的，你想再多，也没有用。与其忧虑，不如勇敢一点。

放下担心，放下纠结，放下焦虑，踏踏实实过好每一天，就是对于未来最好的馈赠。

新的一年，愿你勇敢做自己，不忧不惧，自信且坦荡，温柔又善良！

新的一年，不负岁月，好好爱自己

生命来来往往，来日并不方长。

人这一生，会有血浓于水的亲人，会有肝胆相照的朋友，也会有携手相伴的爱人。但他们都只能陪伴我们一程。

真正陪我们一生的，只有我们自己。

过去的一年里，也许你为了工作，忽略了自己的身体；也许你为了迎合别人，委屈了自己；也许你为了家人，不得已放弃自己的梦想。

新的一年，新的开始，学会好好爱自己。

不必在别人的世界里委曲求全，不必在一段感情里患得患失，也不必在工作中如履薄冰。

任何时候，都可以活出自己的精彩。想做的事情，就努力去做，并不是一定要有什么结果，享受过程本身就是最大的收获。

爱自己，让自己变得坚强起来。

对那个曾经爱哭的自己，说声再见。抱一抱那个受伤的自己，说声爱你。

"人生如逆旅，我亦是行人。"人生之路，并没有一帆风顺，历经岁月的风霜，感受生活的洗礼。自己，终要成长，终要坚强。

无论遇到什么样的困难，都要勇敢面对。保持乐观的心态，不杞人忧天，也不妄自菲薄。心境开阔，得失随缘。

接纳每一个阶段的自己，无论别人怎么看你，都愿你可以成为自己的太阳，无需凭借谁的光。

新的一年，愿你不负岁月，好好爱自己。心怀希望，勇敢去逐梦。心怀赤诚，奔赴山海，步履不停。

新的一年，愿你努力向上，光芒万丈

《山月记》中有这么一句话：

> 我深怕自己并非美玉，故而不敢加以刻苦琢磨，却又半信自己是块美玉，故又不肯庸庸碌碌，与瓦砾为伍。

任何时候，都不要怀疑自己的价值，也不要怀疑努力的意义。

身处高峰，不高估自己，身处低谷，不贬低自己。

只要你心中有坚定的信念，只要你还在努力，人生就没有跨不过去的坎儿。努力过后，才知道许多事情，再坚持一下，就过来了。

努力，会让你的人生多一些可能性，少一些遗憾。努力，会让你更有底气面对困难，让你在磨炼中长出铠甲，变得强大。

每一分努力，每一分坚持，都在雕琢更好的自己。

新的一年，愿你心怀感恩，不负韶华。勇敢做自己，好好爱自己。

新的一年，愿你眼里有星光，心里有向往，烟火向星辰，所愿皆成真。

新的一年，愿你迎着光，用力生长，努力向上，活出自己的精彩，光芒万丈！

二月：春风如酒，饮尽世间温柔

季节辗转，时光无言。

二月，宛若岁月的一道惊鸿，踩着寒冬的尾巴，迎着新春的气息，迤逦而来。

有一些不舍，有一些欣喜。一月渐行渐远，二月翘首以盼。这是冬的结束，亦是春的开始。

一月再见，愿往事随风，带走你所有的失落和遗憾。二月你好，愿所有的美好如约而至。

陌上花开，静待春来

二月，走在通往春天的路上，你准备好了吗？

最美的二月，即将迎来立春，立春是二十四节气中的第一个节气。"从此雪消风自软，梅花合让柳条新"，好一派春风怡然、鸟语花香的世界。

历添新岁月，春满旧山河。朔风依然凛冽，暖阳已经捎来春的信息。

春天，没有夏天的热情奔放，没有秋天的硕果盈盈，也没有冬天的粗犷豪放。春，更像一位矜持的少女，迈着轻盈的小碎步，拖着缀满花香的翠色长裙，迎着十里春风，悄然而来。

我们，也要保持足够的耐心，和二月一起，静静地等一场春暖花开。

二月，会带来春的温暖。初春的陌上，花儿吐蕊，含苞待放。

红色的梅，傲立枝头，喜迎春意。黄色的迎春花，抖落一身霜华，如满天星一般铺满春天的角落。

河水初融，山泉叮咚。翠柳依依，摇曳绿色的希望。松花酿酒，春水煎茶，人间有味是清欢。

二月，是温暖，是希望，更是温柔的坚强。愿你不惧严寒，以明媚的微笑眺望春天。

春风如酒，饮尽世间温柔

告别一月的风尘仆仆，走进二月深情的眼眸。

年底岁末，结束一年的劳碌和漂泊。世界再大，也大不过有人等你回家。

每个人的生命里，都会有一个人，在你疲惫的时候，给你依靠。在你痛哭的时候，给你拥抱。在你绝望的时候，给你鼓励。

是的，总有那么一个人，提醒着你，无论多累都有家可以回，无论多晚都有一盏灯为你而留。

我们曾经义无反顾地奔赴远方，追逐梦想。跌跌撞撞，一路行走，一路遗忘。不断地告别，又不断地重逢。

迷失的人迷失了，相逢的人会再相逢。到了最后才发现，一生所求，不过爱与温柔。

总有一份遇见，温柔了岁月，惊艳了时光。总会有一个人，知你冷暖，懂你悲欢。

二月的春风，清寒中依然有温暖。那温暖，是来自爱人的惦念和期盼。

不管身在何处，内心深处总有一个角落，盛放着家的温暖馨香。任何时候想起，都会心生安暖。

春风如酒，饮尽世间温柔。敬往事一杯酒，别再回头；敬未来一杯酒，不将就；敬时光一杯酒，与新的年岁把盏相拥。

前路浩浩荡荡，万事皆可期待

冰雪消融，春水萌动。春风温软，草木含翠。天地万物，褪去素色的冬装，欣欣然充满了希望。

二月，一切都是崭新的。给春天一个明媚的微笑，莫负时光，做最好的自己。

春天，是播种梦想和希望的季节，只要你愿意开始，随时可以启程。

不管前方的路有多么遥远，不管道路有多么崎岖。只要走的方向正确，只要努力向前，都比站在原地更接近幸福，总有一天，会到达你想要去的地方。

度过那些艰难困苦的时日，终会遇见闪闪发光的自己。放下烦恼，才能快乐无忧；放下执念，才会身心自由；放下包袱，才能从容前行。

生活不需要太多的包袱，人生也不必负累重重。远离忧伤和愤懑，坦然地接纳自己，享受生活的美好，感谢命运的一切赐予。

寒冬阻挡不了春天的脚步，黑夜遮蔽不住黎明的曙光。

别害怕，往前走。前路浩浩荡荡，万事皆可期待。

一月再见，二月你好！相逢在春天，春意融融，山长水阔。

迎着春光走，踩着风雪归。且听风吟，静待花开。

愿所有的美好，不负归期；愿你的世界如暖阳，明媚不忧伤。

愿你岁岁皆平安，人间共团圆；愿你喜乐安康，如愿以偿。

三月：陌上花开，愿所有美好缓缓归来

  时光，是一匹白马，从清寒的冬韵里出发，哒哒的马蹄走过一路苍凉。而后裹着一身苍绿，落脚在醉人的春风里。

  当暖暖的春风拂过大地，天地万物也开始慢慢苏醒，盎然的绿意装点河山。弹指一挥间，二月的料峭春寒，渐渐褪去，三月的温暖和煦，重回人间。

  风，推着云，在蔚蓝色的天空游走。柳枝，抽出嫩绿色的新芽，与湖中的倒影嬉戏。阳光，如流金的碎屑洒在湖面，风温柔地吹起一层层涟漪。

  梅花，揉一揉惺忪的睡眼，大胆地眺望着春天。幽幽暗香，藏匿了清冷的寒意。粉白色的花瓣里，有蜜蜂偷偷来安家。

  我不知道，这一朵梅花是否是去年盛开的那一朵，但我无比确信，迎面而来的是一个崭新的、温暖的、充满希望的春天。

  这个美好的春天，我想随着春风去流浪。去看春山叠翠，去听河水初融，去见远方的朋友，去欣赏一场盛开的花事。

  云雀衔来风月，叫醒了沉睡的玉兰花。暮色中，一朵盛开的玉兰，仿佛是内心深处，藏不住的欢喜。只待春风一声令下，便马不停蹄地盛放。

"色白微碧、香味似兰"。月光下的玉兰花,白得清凉,有玉石的质地。

以花瓣为盏,用月色斟满杯。只待春风,踏香而来。举杯,一饮而尽。一壶春色,便哗啦啦地流淌开来。

敲开春天的门扉,邀请蝴蝶来阳光下的桃花里小坐。听蝴蝶与桃花耳语,叙一叙这一年未见的思念。

黄昏的光影洒落一地柔情,橙黄色的夕阳缓缓落入大山的怀抱。绯红的晚霞,如美人的胭脂,涂抹着暮色里的浪漫。

北归的鸟儿,落在树枝上。暮色黄昏里,褪去一身的疲惫。清一清嗓子,用清脆的歌声,唱响春天。

春天,是不会寂寞的。每一朵花,每一片叶,每一座山,每一条河流,都有一个好听的名字。即使在寂静无人的山谷,花开花落,草木荣枯,云卷云舒,都是姹紫嫣红的春意。

在春天,写一封信,寄给远方的朋友。信里,无需太多言语,只用桃花写下粉红色的柔情,用梨花写下洁白的思念,用海棠写下醉人的清欢。

再寄去一枚青绿色的叶子,邀请她去春天里走一走,去看万物萌发,去看草色渐绿,去看山川辽阔。旷达的心境,也在春天里,慢慢滋长。

春风过境,华枝春满。春光迤逦,满目欢喜。拥抱春天,便觉得内心富足。有些烦恼,在这个美丽的春天,不足挂齿。

苏轼曾有诗云:"春未老,风细柳斜斜,且将新火试新茶,诗酒趁年华。"

光阴如茶,氤氲的茶香里缭绕着悲欢离合的故事。无需追问故事的结局,也无需过问是非对错,更不必强求圆满。

岁月,是漫无边际的大海,我们只是其中的一叶孤舟。无论如何挣扎,最终也会归于风平浪静。

每个人的成长,都要经历一个又一个春天。人生也总会有一个春天,为你而来。

只要有春天在,只要还心存希望,就一定可以穿越惊涛骇浪,翻山越岭,抵达所有的美好。

二月，再见。让初春的寒意，和所有的遗憾，都成为三月惊喜的铺垫。

三月，你好！春已暖，花渐开，愿春风吹散所有的烦忧，吹来所有的幸运和美满。

人间三月，陌上花开，愿所有的美好缓缓归来。愿你心怀热爱，一路生花，不负遇见，不负春光。

四月：岁月静好，未来可期

时光如水，静默不语。

仿佛就在花开花落的一瞬间，时光便化为了春色里的一缕香魂，渐行渐远。

林花谢了春红，太匆匆。任时光匆匆，只愿光阴简约素净，平淡美好。

手执明月清风，淡看山花万朵。风染花香，踏春前行。自在春心，步履不停。

三月再见，四月你好

告别三月的嫩芽，迎来四月的新绿。挥别三月的淡雅，迎来四月的浓郁。

如果说，三月的春天是清新脱俗的。那么，四月的春天，便是盛大的、热烈的、灿烂的……

四月里的花儿，自顾自地绽放着，妖娆妩媚。只一眼，便已沉醉。

樱花，白的似雪，粉的像霞，一朵朵，巧笑倩兮。一簇簇，如云似海。

海棠花，楚楚而立，花语解人意。

"褪尽东风满面妆,可怜蝶粉与蜂狂。自今意思谁能说,一片春心付海棠。"海棠花,安安静静地挂在枝头,借着一缕春风,染红一树一树的相思。

还有紫荆花、丁香花、桃花……花儿开得那样潇洒,那样绚烂。红的、黄的、紫的、粉的、白的……给四月穿上一袭色彩斑斓的新衣。

听一曲风吟低语,醉一场花开荼蘼。轻轻地挥一挥衣袖,与三月温柔告别,微笑着迎接四月。

三月再见,四月你好!四月芳菲,与阳光同行。

是爱,是暖,是希望,是最美人间

走进四月,总是不由得想起林徽因的一首诗《你是人间的四月天》:

> 我说你是人间的四月天;
> 笑响点亮了四面风;
> 轻灵在春的光艳中交舞着变。
> 你是四月早天里的云烟,
> 黄昏吹着风的软,
> 星子在无意中闪,
> 细雨点洒在花前。
> 那轻,那娉婷你是,
> 鲜妍百花的冠冕你戴着,
> 你是天真,庄严,
> 你是夜夜的月圆。
> 雪化后那片鹅黄,你像;
> 新鲜初放芽的绿,你是;
> 柔嫩喜悦,
> 水光浮动着你梦中期待的白莲。
> 你是一树一树的花开,

是燕在梁间呢喃,

——你是爱,是暖,是希望,

你是人间的四月天!

四月,是最后的一抹春色。

春深归处,它悄悄地抚摸着河边舒展的杨柳,荡漾着湖水的柔波,安静地守望着一方晴空。

在花开缤纷的季节,在花香袭人的岁月,在最美的人间四月天,与温暖相约,与美好相伴,与真情相依。

四月,种下爱,种下温暖,种下希望。用深情,在春的画卷上描绘隽永与辽远。用微笑,把岁月打磨成人生枝头最美的风景。

愿岁月静好,未来可期

岁月是美好的,它让我们领略姹紫嫣红的艳丽,也教会我们欣赏素白留韵的淡雅。它赠予我们春色满园的欣喜,也带来了绿意葱茏的希望。

心,静静地徜徉于岁月的怀抱。在四月的时光里,将安静和温暖,悉心典藏。

只要我们懂得珍惜,懂得善待,懂得感恩,美好和幸福都值得期待。

岁月磨平了任性的棱角,磨炼了身心的坚强,涤荡了内心的浮躁,使我们逐渐走向了豁达与淡然。

于花开中相惜,于花落处随缘,任红尘纷扰,缘聚缘散,也不过分执着,不悲痛伤怀。

相信只要认真地生活,岁月必会赠予我们一路的花香满径。

岁月匆匆红颜老,一笑而过无烦恼。即使世界偶尔薄凉,内心也要繁花似锦,只言温暖,不诉悲伤。

周国平曾说:"人生任何美好的享受都有赖于一颗澄明的心,唯有内心富有充盈,方能从容抵抗世间所有的不安与躁动。"

努力成为一个更好的人，忘却所有的不愉快，把疲乏和困顿装进口袋，把失败和焦灼抛在九霄云外。

郑重地写下新的希望与誓言。想爱的人就勇敢去表白，想做的事业就开始筹谋打拼。好好工作，好好生活，好好爱和被爱。

爱很长，在四月里充满阳光。笑很暖，在四月里开满花香。

做一个善良明媚的人，心怀美好，心有花开，一路芬芳，一路暖阳。

美丽的四月：
愿你付出甘之如饴，所得归于欢喜。
愿你心里想要的都得到，得不到的都释怀。
愿三月的匆匆，换来四月的从容。
愿岁月静好，未来可期。

五月：风轻深意暖，花开流年香

如果说，四月是一场荼蘼的花开。那么，五月便是一派绿意的葱茏。走进五月，草木葱茏，杨柳依依。和风日暖，衣衫渐薄。

清风徐来，满目盈翠。走在暮春的街道，迎面而来的暖风，拂着发的软，悄悄地在耳边呓语，诉说着春天里苍老的花事。

往事悠悠，与岁月撞个满怀。山河、云霞、春光，好似一位故人，那么近，又那么远。弹指间，化作沧海桑田。

挥一挥手，告别春的萌动，迎来夏的生长，四月再见，五月你好！

花事更迭，青山不老

五月，在落花深处，轻轻叩响时光的门扉。心怀美好与希冀，染红樱桃，绿了芭蕉。

回望凝望，那些姹紫嫣红的花事，渐行渐远。浅浅淡淡的花香，消散在岁月的晚风里。

花事更迭，青山不老。斑驳的花影，在时光流转中，化作暗香尘泥。

"花开花落花无悔，缘来缘去缘如水"。每一朵花都有它的归期，只要曾经绚烂地绽放过，即使有一天香消玉殒，也不会有太多的遗憾。

"花褪残红青杏小。燕子飞时，绿水人家绕"。花落处，亦有青涩的果实吸纳芬芳，蓬勃生长。这是自然的轮回，亦是生命的慈悲。

捻一抹花香，看年华向晚。盈一抹绿意，许岁月温婉。

风轻深意暖，花开流年香

给时光一个浅浅的回眸，给自己一个温暖的微笑。指间的豆蔻流年，不经意地，长满了浓浓绿意。

五月，初夏将至。阳光温热，清风绵绵。草木青山，仿佛都披上了一层绿色的幔纱，蓬勃地生长着。

柔柔的风，蓝蓝的天，云海翻涌如画，晚霞灿烂似锦。鸟雀声声，绿树成荫，清瘦的篱笆小院，爬满了盛开的蔷薇。

蔷薇，是五月盛开的希望，一朵朵，馨香典雅，一簇簇，明媚如火。花开时，那般倔强，那般妖娆，那般盛大。像是得了一纸密诏，一夜之间，花开满都，倾国倾城。

五月，就是这样温柔而热烈，它的一端连着淡雅的春，一端连着明媚的夏。

最美的岁月，一半明媚，一半淡然。

风轻深意暖，花开流年香。踏着春潮，伴着夏韵，与五月深情相拥。

春去夏来芳菲尽，守得云开见月明

人生，是一条漫长的旅途。走过温暖的春，即将迎来热烈的夏。生命的四季，亦是如此。

五月，浅夏茵茵，一切都是崭新的。欣欣然，充满了绿色的希望。

春去夏来，让我们在落花的荒凉中，种植一份青绿与明媚，守候一份美好与希望，与流年岁月，一起成长。

不要总在过去的回忆里缠绵，遗忘该遗忘的，铭记值得铭记的，一路向前，迎接生命的夏季。

五月，既要仰望星空，也要脚踏实地。既要眼前的人间烟火，也要心间的诗意盎然。

坦诚做人，努力做事。想要什么，就勇敢去争取，不负时光，笑对人生。

未来的美好，需要现在一点一滴的努力来创造。

想做的事情，就大胆地去做吧。不要因为别人的冷嘲热讽，给自己的生命留下太多遗憾。

告别昨天的疼痛和忧伤，拥抱明天明媚的太阳。把阳光披在身上，让泉水在心底流淌。

春去夏来芳菲尽，守得云开见月明。重新出发，从柔弱走向坚强，从幽暗走向光明，从困顿走向明朗。

别再犹豫，别再彷徨，别再感伤，携一缕暖香，听云雀欢唱，看万物生长。

五月，在季节的转角，遇到爱，遇到温暖，遇到希望。

愿你脚下有力量，心中有远方；愿你活成一束光，明媚不忧伤；愿所有的美好，都与你不期而遇。

六月：心怀阳光，微笑前行

时光在流逝，不舍昼夜。万物在成长，从不停歇。

我们也随着时光的脚步，辞别五月浅夏，走进六月仲夏。

那些好的坏的，开心的难过的，落寞的失意的，都被五月的暖风吹散。

让过去的成为过去，让新的美好，在六月重新开启。

挥一挥手，与五月轻轻告别。张开怀抱，与六月深情相拥。

五月再见，六月你好！

邂逅更好的自己

六月的夏天是热烈的，太阳高悬，热浪滚滚。六月的夏天是灿烂的，繁花盛开，绿树成荫。六月的夏天是有趣的，蝉鸣蛙叫，相映成趣。

花语未央，绿意盎然，绿波千里，浩渺生烟。

大片大片的绿，铺天盖地而来。漫山遍野，都铺上了一层浩浩荡荡的绿。

杏黄挂于枝头，散发着酸酸甜甜的香气。樱桃红枕着白瓷盘，更是让人垂涎欲滴。

火红的凌霄花，穿上五瓣喇叭裙，遥望蓝天，随风摇曳。宛如青春张扬的小姑娘，带着跋扈的可爱，对全世界说："夏天，就要穿裙子，就要美丽漂亮，就要潇洒自在！"

六月，终于迎来了一年中最明媚的季节，花开似锦，满眼绿意，碧空万里，不问东西。

放慢脚步，走进曲径通幽的树林，走进洒满阳光的古巷，走进被时光染绿的六月。

怀着一份美好与期待，邂逅更好的自己。

愿所有的付出，皆有回报；愿所有的努力，不被辜负；愿所有的时光，温柔以待。

珍惜当下，重新出发

宋朝诗人范成大有诗云：

窗间梅熟落蒂，墙下笋成出林。

连雨不知春去，一晴方觉夏深。

仿佛就在花开花落的一瞬间，梅熟蒂落，竹笋成林。春天已渐行渐远，夏天正如火如荼。

过去的时光里，有错过也有遗憾，有付出也有收获，有感伤也有怀念……

人生没有如果，岁月也不可能重来。过去的就让它过去，现在开始也不算太晚，告诉自己：珍惜当下，重新出发。

没有实现的目标，就继续努力，勇敢去追梦。无法拥有的东西，就坦然放下。要走的人，就别再纠缠挽留。

没有谁的人生是一帆风顺的。那些遇到的困难，也是人生阅历的一部分。打不倒自己的，终将会使自己越来越强大。

人生没有白走的路，每一步都算数。别再犹豫，别再彷徨。活在当下，拥抱未来。珍惜现在，不负流年。

六月，夏季正当时，万物峥嵘，不妨大胆一点，勇敢出发。

愿你眼里有光芒，活成自己喜欢的模样。

愿你心中有希望，拥抱眼前的苟且和诗意的远方。

心怀阳光，微笑前行

六月的阳光，灿烂而明媚。

在阳光的滋养下，草木长得更加葱绿，花朵开得更加繁盛。山更青了，水更绿了，鸟雀的叫声更加欢快了。整个世界，活色生香。

正如我们的生命，有了阳光，才会更加生动温暖。保持一份好心情，内心才不会有太多的负累。

罗曼·罗兰说："世界上只有一种真正的英雄主义，就是认清了生活的真相后依然热爱生活。"

做一个心怀阳光的人，微笑前行。无论遇到什么，都坦然接受。就算人生坎坷，也把它当成一种磨砺。

跌跌撞撞地受伤，安安静静地坚强。

和乐观的人在一起，自己也会变得乐观积极。和豁达的人在一起，自己也会变得豁达从容。和阳光的人在一起，自己也会变得阳光明媚。

你的心态，决定了你的人生。

你若从容，世界一片平和。你若善良，人间温暖花开。你若知足，生活幸福美满。

六月的第一天，不如给自己放个假吧，做一回天真可爱的孩童，放下成年人的枷锁，勇敢去爱和被爱，活得尽兴一点，赤诚且善良。

热情洋溢的六月：

愿你活成自己的太阳，温暖有力量；愿你青春不负，深情不伤。

愿你生活明朗，岁月无恙；愿你所到之处，草木花香；愿你往后余生，诗意阳光。

七月：上半年再见，下半年你好

推开窗，白云悠悠，阳光明朗。绿色的风，吹来山林深处，浩浩荡荡的清凉。

一朵花凋零一抹春色，一片叶唤醒一幕盛夏，一汪清泉流向山野溪涧。夕阳隐退，晚霞落幕，黄昏酡红如醉。

时光，恰如白驹过隙，在日暮和夜色的交替中，再也回不去。只留下一地斑驳的光影，独自叹息。

六月，承载着我们梦想的青春，凝聚着我们深沉的父爱，飘着浓浓粽香的端午，已经在最后的一抹月色中，悄悄告别。

七月，是一首滚烫的诗行。蝉鸣声声，蛙唱阵阵。白色的栀子花瓣，含着淡雅的幽香。

是风不曾停息，是云漂泊万里，是绿色的希望，热烈地拥抱酷暑的夏季。

七月，让上半年归于结束，让下半年重新开始！

上半年再见,下半年你好

七月,像是一条分割线,把一年的时光一分为二。

一半是昨日,一半是今朝;一半是过去,一半是继续;一半是遗憾,一半是期许。

一年过半,那些开心的、痛苦的、落寞的……都如一缕香魂,入了流年的缱绻。

生活,就是这样,一半诗意,一半烟火。人生,就是这样,一半努力,一半随意。感情,就是这样,一半经营,一半珍惜。

等一朵花开,听一场雨落。让时光,在烟火平常中,依着阳光的暖,优雅前行。

品一盏淡然,品一盏纯粹,品一盏岁月慈悲,让我们在一盏茶的安静里,不慌不忙地老去。

七月,上半年再见,下半年你好。愿你有不期而遇的温暖,愿你有绵延不绝的希望,愿你保持善良,拥有诗意和远方!

珍惜光阴,珍惜拥有

过去的上半年,我们经历了太多的人世无常。生命来来往往,来日并不方长。

有些人,还没有好好说再见,就再也不见。突如其来的灾难,让我们更加学会了珍惜。

珍惜光阴。这个世界上,走得最快的便是时间。仿佛就在匆匆回眸的一瞬,我们就从阳春三月的花开迤逦,走到了绿意盎然的盛夏。

美好的时光,要学会珍惜。不管过去如何,从七月开始,从现在开始,一点点努力,一步步耕耘,不负岁月的期待和希冀。

珍惜拥有。有时,我们总是忙于羡慕别人的风光,忙于追求那些高不可攀的目标。却忘记了欣赏自己已经拥有的风景。

学会珍惜自己拥有的东西，不再攀比，不再埋怨，不再悔恨。相信，自己拥有的，就是最适合自己的。

珍惜那些爱你的人。这个世界上，总有一些人，爱你如生命。是父母的养育，是朋友的鼓励，是知己的默契，是爱人的相知相依。

从现在开始，好好珍惜爱你的人和你爱的人。不管时光如何流转，哪怕沧海变桑田，唯有爱，生生不息，永不幻灭！

七月，慢煮光阴，细品岁月，珍惜朋友，珍惜爱人，珍惜所拥有的一切。

愿你善待时光，也愿时光温柔以待。

不念过去，不畏将来

有一段话说："永远不要埋怨已经发生了的事情，要么，就去改变它，要么，就安静地接受它。你若将过去抱得太紧，怎么能腾出手来，拥抱现在？"

对于过去发生的事情，如果一味地埋怨和悔恨，就会滋长内心的情绪垃圾。何不放下过去，清扫心灵的灰尘，种下一颗从容的花籽，邀清风做伴，邀明月作陪，邀雨水为露，邀阳光滋养……待鲜花盛开，快乐亦会盈满心怀。

过去的，痛苦也好，遗憾也罢，就让它成为过去。时间，是最好的良药。它会慢慢愈合那些疼痛和伤口。

经年的往事，也终有一天，会变成风轻云淡的一杯薄酒，淡而香醇。

未来的，也无需忧虑。该来的自然会来，是福是祸，都不会因为你的担忧而改变。对未来的真正慷慨，就是把一切努力贡献给现在。

好好做自己，不必在意别人的眼光，只要尽情做自己就好。因为自己做得再好，也不会让所有的人都喜欢。何必为了迎合别人而委屈了自己呢？

携一程山水，握一卷明媚，向着阳光的方向，勇敢前行。不怕跌倒，不怕嘲笑，且听风吟，且醉花香，且把未来和梦想，放在心上。

七月，是旧的结束，亦是新的开始。下半年，从容做自己，潇洒去追梦。不乱于心，不困于情，不念过去，不畏将来！

铺开岁月的宣纸，执一支素笔，染七月盛夏的墨色，描摹出祝福的诗行：
往后余生，愿使时光静好，岁月无恙。
愿你内心笃定，万般从容，以梦为马，不负韶华。
愿你有人懂，有人宠，一生可爱，一生被爱！

九月：不负韶华不负秋，只生欢喜不生愁

在时光回眸的一瞬间，八月匆匆收了尾，九月慢慢开启新篇章。

欲说还休，欲说还休，却道天凉好个秋。

如果说，秋天是一幅淡彩水墨画，那么，九月便是最浓重的一笔。碧空如洗，湛蓝高远。白云悠悠，自在飘逸。草色渐黄，桂子染香。

九月，宛若一位温婉的女子，素净，淡雅，还有一丝浅浅的忧伤。九月，踩着层层落叶，穿过时光的缝隙，描摹最美的浅秋。

用心聆听秋的私语。秋虫呢喃，蛐蛐欢唱。端坐在九月的门槛，任午后的暖阳，斑驳地洒落窗前。

秋风，撩起一卷相思。想起远方的故人，想起曾经的往事，想起旧时光的那些美好与遗憾。

秋雨，洒落一池缠绵。九月的雨，已经多了一丝凉意。雨，淅淅沥沥，落在一池秋色里，荡漾起层层涟漪。

秋叶，声声别离，句句叹息。叶的离去，不是风的执念求索，也不是树的不挽留。叶子飘落，便是归期。

风起，浪涌。不见八千里云和月，不见红尘陌上，三千情丝。素笔着墨，写下一帘幽梦，写下秋思绵绵，无绝期。

守望着温柔的九月，聆听秋风的心事，静观长河落日。与每一片落叶说一声"你好"，与每一缕花香拥抱呼吸。

《淮南子》有言："见一叶落而知岁之将暮。"九月，就意味着一年已经过了三分之二，秋色渐深，岁月向晚。

不管过去的春天曾经历过怎样的悲痛，也不管这个夏天经历了多少难挨的时刻。秋已来，人生也走到了清简、平和、成熟的阶段。

遇事，不必着急，不必慌张，慢慢做好自己就行。那些错过的遗憾，终会以另一种方式来成全。只要努力，就比之前更接近幸福的方向。

与人相处，择善而交。不用刻意去讨好谁，也不必看不起谁。适合自己的圈子，用心经营。不适合自己的圈子，果断退出。

你若盛开，蝴蝶自来。不必去追一匹马，用追马的时间去种一片草原。待水草丰满，会有一群马儿朝你奔腾而来。

入我心者，我待之以亲友。不入我心者，不屑于敷衍。余生很贵，不必浪费。有生之年，倾心相遇，安暖相伴。

九月，善待自己。记得早睡早起，坚持锻炼身体。累了，就抱抱自己。不迷茫，不哭泣，继续前行不放弃。

九月，好好关心朋友和家人。我们总以为来日方长，却忘记了生命原本无常。所以，从现在起。珍惜身边人，好好爱自己的朋友和家人。

九月，勇敢去追梦。一年的时光，已所剩无几，那又有什么关系？只要心中有梦，只要勇敢去追逐，就有成功和希望。生活既有眼前的烟火，也有诗意的远方。

美好的九月，愿你往事不言愁，余生不悲秋。煮一壶秋色，伴秋水长天，与你共饮清欢。

八月再见，愿你带走所有的困顿和疲惫，带走所有的迷茫和焦灼。

九月你好，愿你带来清凉的秋风和斑斓的秋色，愿你带来所有的美好和希望。

风过秋色凉，一念是秋安。我们不能阻挡叶的凋落，也无法挽留花的凋零。

但我们可以沐浴阳光，乘着秋风，与每一片叶，与每一朵花轻轻告别。过好每一个当下，珍惜每一次遇见，岁月不会辜负你的每一次努力。

给九月一个温暖明媚的微笑吧！

愿你会有始料未及的运气，也会有突如其来的欢喜。

愿你所有的付出都有收获，所有的美好都如约而至。

愿你不负韶华不负秋，只生欢喜不生愁。

十月你好:既往不恋,未来不忧

时光如流水,一刻不停地奔流向前。

弹指一瞬间,九月的清秋渐行渐远。十月的深秋,乘着秋风的凉意,染着桂花的香甜,悄悄地,与我们撞个满怀。

就让九月的风景,停留在九月里。让即将而来的美好与惊喜,留在十月相见。

所有的过往,皆为序章。所有的未来,皆可期待。

九月再见,十月你好。岁月一去不复回,十月依然会很美。

放下执念,既往不恋

九月的浅秋,风轻云淡。十月的深秋,冷静而不失温柔。看万山红遍,层林尽染。看树树秋色,山山落晖。

到了十月,才真正明白,原来,秋天真的很短。还没来得及好好感受秋高气爽的明媚,便迎来了深秋清冷的回眸。

时光,真的好不经用。岁月,亦不会等人。过往的一切,好的坏的,都已成为风景，停留在过往。

人生，也总有些执念，困于心底。是名利的束缚，是爱恨的痴缠。执于一念，便困于一念。一念起，万水千山；一念灭，沧海桑田。

有人说，背起行囊，便是过客，奔走于日暮乡关，追逐着天涯远方。放下负担，才能轻松前行。一心无累，四季皆是良辰。

就让那些曾经失意的，遗憾的，悲伤的过往，消散于云烟深处。偷偷留下的，该是往昔层层叠叠的美好。

学会放下，是一种觉悟，亦是一种成长。放下那些莫须有的执念，既往不恋，才能勇敢前行，不乱于心，不困于情。

愿你失去的都渐渐释怀，喜欢的都会慢慢拥有。愿所有深情，都被珍惜。愿所有努力，不被辜负。

学会珍惜，活在当下

仿佛昨天还是千娇百媚的春色，一转眼，就已经到了暮色深秋。一年的时间，只剩下四分之一。

有人在追忆似水流年，有人在感慨时光变迁。过去的时光里，有风光的回忆，有失意的落寞，有温婉的柔情，也有迷蒙的暖意。

我们总是容易沉迷于过去，忧虑未来，却忘记了最应该把握的，是当下。

昨日之日不可留，未来之日亦不必担忧。唯有活在当下，才能无愧于人生。

林清玄说："快乐活在当下，尽心就是完美。"认真感受当下的每一寸欢喜，听清晨的声声鸟鸣，内心更加幽静。看天上的云卷云舒，心境更加澄澈淡然。

花开花谢，叶落无声。季节的更迭，亦是生命的轮回。如自然的万物一般，安静地活在当下，披风沐雨，随遇而安。

当我们专注地活在当下，才能斩断过去的忧愁与未来的恐惧，才可以感受生命真正的惬意与自由。

愿我们学会珍惜，把握时光。不念过去，不惧未来。物来顺应，活在当下。

自在从容，未来不忧

这世间，有太多的猝不及防和身不由己。我们永远不知道，明天和意外，哪个会先来？

与其对过去念念不忘，对未来焦虑迷茫，不如安安静静，做好自己力所能及的事，踏踏实实走好每一步。

过好每一个当下，内心也会丰盈而充实。不对未来过多地忧虑，也不对未来抱有不切实际的幻想。该来的，自然会来，相信一切，都是最好的安排。

岁月不慌不忙，你且自在从容。过好现在的每一天。但行好事，莫问前程，只问耕耘，不问收获。

对于未来真正的慷慨，就是把一切努力留给现在。认真工作，用心生活，好好去爱值得爱的人。

不埋怨，不抱怨，不焦灼，亦不忧惧。阳光下欢笑，风雨中奔跑。

苏轼说："人生如逆旅，我亦是行人。"人生，是一场漫长的旅行，行过山穷水尽，终遇柳暗花明。

放下执念，既往不恋，是一种豁达。

学会珍惜，活在当下，是一种智慧。

自在从容，未来不忧，是一种心态。

金秋十月，不负秋色，不负韶华。要勇敢，要自信，要深爱，也要被爱。

愿你善待时光，也被岁月厚爱；愿你心中有光芒，眼里有星光。

愿你活成自己喜欢的样子，既往不恋，未来不忧；愿世间所有美好，都与你环环相扣。

十一月：淡看世事沧桑，内心安然无恙

时光，总是在不经意间，匆匆换了容颜。一程春光潋滟，一季秋叶静好。流光容易把人抛，红了樱桃，绿了芭蕉。蓦然回首，季节更迭，岁月向晚。

十月，在落叶纷飞中默默告别。十一月，裹挟着浅冬的清冷，悄然而至。

十月再见，十一月你好。让过去的成为过去，让该开始的重新开始。

挥手作别秋，转身遇见冬

走进十一月，便走进了晚秋时节。百花凋零，草木摇落。树木显秋色，空山落余晖。

纳兰容若有诗云："谁念西风独自凉，萧萧黄叶闭疏窗。"西风起，寒意浓。沉思往事，只道当时是寻常。

挥手作别秋，转身遇见冬。隔着一程山水，那些逝去的岁月，在心中呢喃，被风霜浸染。终究，成了回不去的过往。

站在季节的转角，细数一路走来的沧桑。路过的风景，早已抖落一身风

华。遇见的人，在红尘渡口，握手拥抱又离别。经历的事，被时光存档，遗留在岁月深处。

三毛说："岁月极美，在于它必然的流逝。春花、秋月、夏日、冬雪。"

其实，岁月的美，不仅在于它的稍纵即逝。也在于繁华落尽的素简，更在于饱经风霜的成熟与豁达。

唯有经历，才能懂得；唯有看淡，才会从容；唯有沉淀，方显力量。

愿时光能缓，愿故人不散

十一月，既有深秋的萧索枯寂，也有浅冬的诗意浪漫。

寒灯纸上，梨花雨凉，我等风雪又一年。

等，是一种守望的姿态。等风等雨也等你，你还不来，我怎敢老去？

等，是一场思念的雪。而你，是飘落掌心的所有雪花。

听雨落残荷，听风起云涌，听遥远的角落里，有人轻拂微尘，向我缓缓走来。

你踏过深秋，走进浅冬，卸下一身疲惫和沧桑，缓缓归来。与我一起，跟随季节的脚步，赴一场雪落倾城的约定。

岁暮寒冬，季节荒凉。在内心深处，根植一份深情。许流年无恙，岁月静好。只要心中有爱，便是安暖。

电影《大鱼海棠》中说："人短短的一生，我们最终都会失去，你不妨大胆一些，爱一个人，攀一座山，追一个梦。"

勇敢去爱，勇敢去追梦。愿时光能缓，愿故人不散。愿往后余生，有良人相伴。

淡看世事沧桑，内心安然无恙

岁月无法停留，时光不会倒流。

不管过去的十月经历过多少遗憾，也不管过去的秋天埋葬了多少辛酸。

十一月已来，浅冬渐至，新的时光即将开启。

每一个平凡的日子，都需要认真生活。每一份深情的爱，都不该被辜负。每一个梦想，都值得全力以赴。

苏轼说："人生如逆旅，我亦是行人"。人生的境遇，顺境也好，逆境也罢，都是一种磨炼。

漫漫人生，总有坎坷，总有困境。即使走到了绝境，也不要放弃。因为，水到绝境是风景，人到绝境是重生。

无需抱怨，无需纠结。没有谁的人生是完美的。绝境之后，便是重生。缘尽之处，终有相逢。

不悲悯于过去，也不过度幻想未来，踏踏实实，走好当下的路。不乱于心，不困于情。

心安了，人就静下来了。心静了，万事就明朗了。看得淡，想得开，阳光下灿烂，风雨中奔跑。

做一个内心柔软且强大的自己。真正的强者，在于内心的强大。只有内心强大，才能无所畏惧。泰然自若，宠辱不惊。无论外界如何风云变幻，不管经历多少挫折磨难，依然相信自己，坚守自己。

告别十月，迎接十一月。深秋再见，浅冬你好。

愿十一月的晚风，吹散所有的阴霾；愿冬日的暖阳，温暖所有的深情。

愿你眼里有光，心里有爱；愿你万事皆安好，所得皆所期。

愿你淡看世事沧桑，内心安然无恙。

感恩十一月，拥抱十二月

所有结束，都是另一种开始。

时光流转，岁月匆匆。还没来得及好好感受十一月，就迎来了十二月。

仿佛弹指一挥间，就走到了年底岁末。我们的生命也即将画上一道新的年轮。

这短暂的人生，我们都是匆匆过客。不如，保持豁达的心境，笑看风起云涌。

不管过去经历过多少悲欢离合，在这一刻，静下心来，抱抱亲爱的自己。和过去告别，迎接新的开始。

让过去的结束，让现在的开始，让未来的充满希望。

学会释然，一路从容

丰子恺说："既然无处可逃，不如喜悦；既然没有净土，不如静心；既然没有如愿，不如释然。"

人生在世，我们总是容易在意太多。一次挫折，能让我们消沉好久。一次失误，能让我们遗憾好久。一个人的离开，能让我们悲伤好久。

人生在世，不可能事事如意，也不会得到所有人的喜欢和理解。既然如此，何不释然呢？

释然，是心灵的洒脱，是人生的豁达，亦是百转千回之后的懂得。

没有谁的人生是容易的，当你学会了释然，就能解开心中的千千结，理解别人的难处，与往事握手言和。

学会释然，才能活得坦然，生活会变得活色生香，岁月也会变得温柔绵长。

学会知足，懂得珍惜

作家梁实秋说："如愿便是满足，满足即是幸福。"

有时候，我们活得不快乐，并不是我们拥有的太少，而是我们索求的太多。

常言道：知足者常乐。知足，可以让我们摒弃贪婪，让我们懂得珍惜，让我们安贫乐道。

也许，我们曾犯了很多错，做了很多傻事，伤害了最爱的人。也许我们没有功成名就，没有达到预期的目标，没有挽留住心爱的那个人。

这些，都曾让我们痛苦不堪，郁郁寡欢。

但是，即使我们一无所有，被抛弃，被嘲笑。也不要灰心，不要丧气。想想我们还有依然健在的父母双亲，还有推心置腹的三五知己，还有越来越强大的自己。

人生，大部分的痛苦，都是不肯换场的结果，大部分的哀怨，只是源于执念太深。

今生无论我们遇见谁，都是命中注定要遇见的人，是偶然，也是必然。

无论发生什么事，那都是在当时的环境里必然发生的事。我们只管努力前行，相信一切都是最好的安排。

在未来的岁月里，做个知足的人吧。不攀比，不盲从。学会珍惜，懂得知足。

学会沉淀，不急不躁

柏拉图说："时间会慢慢沉淀，有些人会在你心底慢慢模糊，学会放手，你的幸福需要自己的成全。"

年年岁岁花相似，岁岁年年人不同。一个人走向成熟的标志，便是学会沉淀，凡事不急不躁。

我们唯有沉淀下来，才能冷静地处理各种事情。不乱于心，不困于情。

安静下来，沉淀自己。非宁静无以致远，非淡泊无以明志。别被浮躁的洪流裹挟，别被世俗的眼光桎梏。学会沉淀，从容做自己。

懂得沉淀的人，追求的是心灵的宁静。让自己沉静下来，与自己对话。清晰地认识自己，明白自己所处的位置，知道自己追求的是怎样的人生。有所为，有所不为。在安安静静中，拥有内心的踏实和力量。

人生需要沉淀。沉淀的魅力，是悄无声息的成长，于无声处听惊雷，于无色处见繁华。默默前行，不言不语，等待厚积薄发之后的水到渠成。

把自己沉淀下来，不急不躁。感恩过去的岁月，让我们学会了成长。期待未来的岁月，遇见更好的自己。

洗净铅华，慢煮岁月，淡看世事沧桑，风雨过后初心依旧。

行至水穷处，坐看云起时。放下那些无谓的追逐，放下名利的烦扰。淡看流年烟火，细品静好人生。

走过春花秋月，总有一处风景为你美丽绽放。走过溪涧荒漠，总有一汪绿洲为你点亮希望。

走过山高水长，总有一份遇见唯美了整个曾经。走过红尘万丈，总有一个人懂你冷暖，知你悲欢。

如果说，生命是一场绚烂的花事。那么，无论怒放，还是凋零，我们都该坦然接受。就像接受岁月变迁，季节轮回。

感恩十一月，拥抱十二月。既往不恋，当下不杂，未来可期。

新的光阴，努力成为更好的自己，不要荒废时光，别让自己留下遗憾。

万千繁华莫回首，一支素笔解闲愁。

多少旧梦随春秋，一缕希望归心守。

后记：用一生的墨，染一世的香

一

记不清，自己是什么时候喜欢文字的。只记得，年少时的自己，喜欢一个人静静地看书，沉迷于文字的世界里。

小学的时候，喜欢读唐诗，还喜欢默默背诵。虽然，并不晓得那些美妙的诗句，究竟表达了什么样的思想。但小小的我，依然对它们着迷。

当时，最喜欢的一首诗是柳宗元的《江雪》：

> 千山鸟飞绝，万径人踪灭。
> 孤舟蓑笠翁，独钓寒江雪。

第一次读到这首诗，就被震撼了。那种天地苍茫、孤舟独钓的画面，深深地刻画在了我的脑海里。

现在想来，大概是与生俱来的对于文字的敏感吧。还有，就是那份同样的深入骨髓的孤独感。

后来，到了初中，开始读一些成长系列的书籍，大多是人物传记。印象中有《贝多芬传》《海伦·凯勒传》《居里夫人传》《爱因斯坦传》……

虽然不在一个国度，但书里的人物，她们或坚强勇敢、或执着追求、或人生坎坷……她们不屈服于命运，努力活出自我的精神，便在那时，在我的心里扎下了根。

只待岁月的风霜洗礼，将它锤炼，将它滋养。如今，它们已经融为我骨血的一部分。

二

那些年，那些读过的书，虽然内容已经忘记了。但那些精神，却在岁月的跌宕起伏里，鼓励着我，走过一段又一段的风雨路。

后来如愿考上了市里的重点高中，却严重偏科，学习的压力可想而知。而读书，也成为了我的精神慰藉。甚至，到了周末，走出校门，我便直奔市里的新华书店。挑几本自己喜欢的书，慢慢地读。

一直读，读到全世界都安静下来，读到日暮西山，倦鸟归巢。

也是在这个阶段，我读了很多优秀作家的书，她们的书，给我的世界，打开了一扇门。文学之光，就在那时，照了进来。从此，温暖着一个忧郁的小女孩儿。

即便到了大学，读书，依然是我的热爱。每天的图书馆里，都有我的身影。学校门口的书摊，也是我经常光顾的地方。

我的阅读领域更加广泛，涉及经济学、心理学、传统国学、哲学和畅销书文学。一入书海，便沉醉不知归路。

在书里，与古今圣贤对话；在书里，觅得一份清宁与自在；在书里，拓宽自己的视野，丰富自己的精神世界。

直到成家立业，有了宝宝。宝宝的到来，让我对生命，有了更加深刻的敬畏。我想要陪他一起慢慢成长。

但我知,岁月的洪荒之下,我们都会被无情地碾压,任谁都无法幸免。终有一天,我们都会成为这个世界的故人。

但文字,可以记录生活,可以留住岁月。

所以,我想要开始写作,坚持写作。我想表达我内心的情感与思想。

笛卡尔说:"我思,故我在。"

而我想说:"我写,故我在。"

三

写作,是一种内在思想体系的整合。借由写作,我们更加清晰地了解自己、认知自己、剖析自己。

写作,也是一种情感的表达。这个世界上,很多悲欢并不共通。但我们,可以用文字,表达出我们的所思所想。

我们的思想,我们的情感,无论多么渺小,都值得被看见。

如今,写作10年,记忆中的那些伤痛,已经慢慢愈合。时光里的那些遗憾,也已经悄然散场。曾经的悲痛与落寞,也早已化为岁月里的一抹云烟。

取而代之的,是越来越温柔的自己,越来越强大的自己,越来越美好的自己。

是的,我喜欢这样的自己。不卑不亢,不慌不忙,追逐着自己的热爱,奔赴自己向往的远方。

写作,是一种生活方式,也是一生的热爱。

愿用一生的墨,染一世的香。